Les Sept Péchés Capitaux

LA LUXURE

PAR

ARMAND SILVESTRE

DESSINS DE L. MÉRIVEREND

Paris

1901

E. BERNARD & Cie
IMPRIMEURS-ÉDITEURS
29, QUAI DES GRANDS-AUGUSTINS

LES SEPT PÉCHÉS CAPITAUX

La LUXURE

IMPRIMERIE
E. BERNARD ET Cie
14, Rue de la Station, 14
COURBEVOIE

LES SEPT PÉCHÉS CAPITAUX

LA LUXURE

PAR

Armand SILVESTRE

Dessins de L. LERIVEREND

Paris
E. BERNARD ET Cie, IMPRIMEURS-ÉDITEURS
29, QUAI DES GRANDS-AUGUSTINS, 29

1901

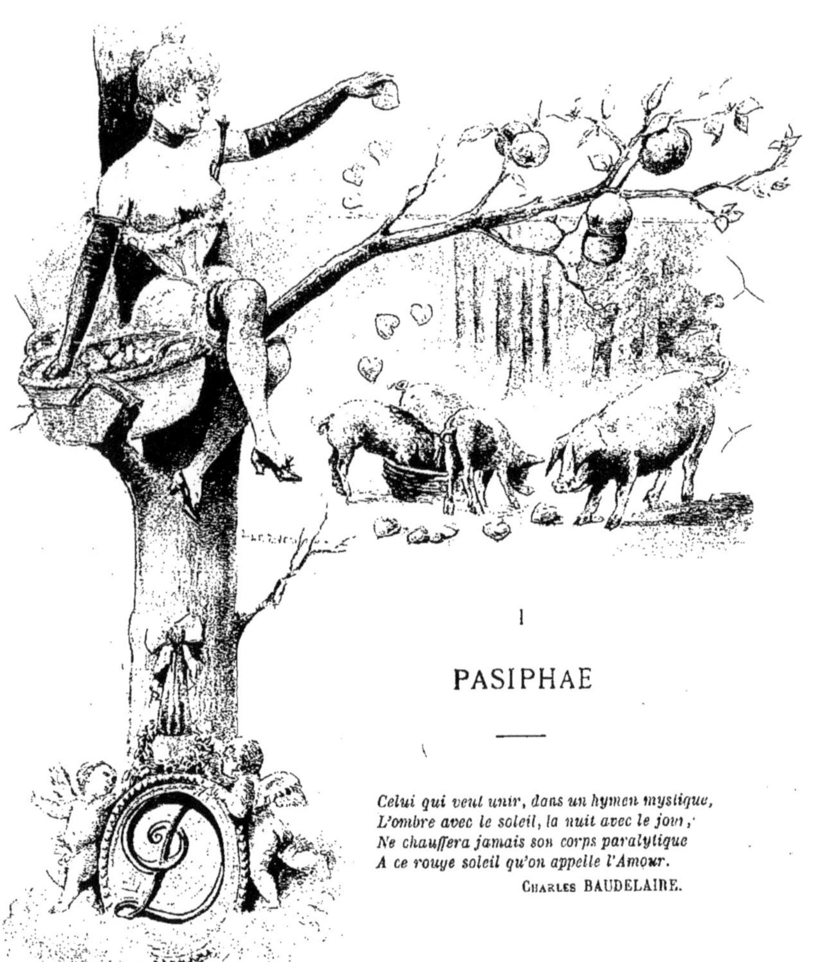

I

PASIPHAE

> *Celui qui veut unir, dans un hymen mystique,*
> *L'ombre avec le soleil, la nuit avec le jour,*
> *Ne chauffera jamais son corps paralytique*
> *A ce rouge soleil qu'on appelle l'Amour.*
>
> CHARLES BAUDELAIRE.

DANS sa chambre élégante de lettré à la mode, le poète Ambroise Renaud est étendu inerte sur le tapis, les poings crispés autour des tempes, le torse secoué de sanglots, et de rauques gémissements sortent de sa poitrine écrasée. Autour de lui c'est un grand bouleversement de meubles, et des lettres déchirées jonchent les abords de la cheminée flambante encore dans laquelle, au-dessus des tisons rouges, voltigent des feuilles brûlées, pareilles à de noirs papillons pailletés de rapides étincelles. Le lit grand ouvert, aux draps tirés en dehors, aux couvertures refoulées, est comme un champ de bataille dont on vient d'enlever les blessés, exhalant comme une traînée de poudre, une très douce odeur de femme, grisante comme celle des fleurs automnales. Les rideaux y posent leur lourde bordure, pétris, au-dessus, comme par des mains désespérées.

Au dehors, un ciel gris d'hiver, à l'heure déclinante où les premiers becs de gaz clignotent dans la brume rousse au-dessus des passants qui grelottent ; la silhouette d'une rue de Paris avec son roulement de voitures affreusement mélancolique emportant les heures sur le pavé gras. Mais le poète Ambroise Renaud ne semble rien entendre de ce vacarme amorti et son intense douleur a élevé, autour de son corps étendu, comme une muraille de solitude. Que fait le clapotement du ruisseau à qui sent sourdre et gémir en soi l'océan profond des larmes ?

C'est qu'il venait de rompre à jamais avec celle qui, depuis cinq ans, avait été l'enchantement fidèle de sa vie, cette tant belle Eliane dont il avait chanté, sur tous les modes de la lyre, la grâce exquise et la beauté majestueusement voluptueuse, les admirables cheveux plus sombres que les ailes même de la nuit, les yeux clairs dont les étoiles semblaient seulement les reflets dans l'océan bleu du ciel, le front pur et de correction latine que continuait, sans en infléchir la ligne impeccable, un nez d'un admirable dessin et dont les narines roses palpitaient comme des pétales d'églantiers au vent printanier, la bouche au sourire prenant comme le piège du jeune oiseleur Amour lui-même, le menton ponctué d'une fossette où nichait l'adorable malice, tous les charmes du visage, en un mot, sans oublier ceux d'un corps irréprochable dans sa perfection aristocratique, posé sur deux bijoux d'ivoire bordés de carmin clair comme les coquillages.

Et pourquoi se séparait-il ainsi pour jamais, d'un trésor si copieux et si bien fait pour d'éternelles tendresses ? Bien malin qui dira pourquoi se rompent de telles chaînes où rien ne semblait déchirer nos mains unies. Un besoin absurde de renouveau était venu à l'amant, et Eliane s'était aperçue qu'elle était trompée. Fidèle, elle-même, et trop fière, elle n'avait pas su pardonner un outrage déjà puni cependant par la désillusion. En vain Ambroise avait dit son repentir vrai, son remords sincère ; de tout l'orgueil de sa beauté offensée, Eliane s'était retirée de lui et c'était le dernier adieu dont elle venait de lui meurtrir l'âme, le laissant accablé sous le coup comme un bœuf sous la masse du boucher. Car ces petites mains blanches, — et tant baisées dans les heures d'extase ! — des femmes ont des forces inconnues pour manier le lourd outil dont elles écrasent nos douleurs.

Elle ne s'était même pas retournée, en l'entendant tomber à terre. Très doucement elle avait laissé redescendre derrière elle la portière, et le malheureux avait entendu s'éteindre le bruit rythmique de ses pas dans l'escalier, de ces pas qui lui avaient sonné si souvent un angelus matinal de joie et qui s'en allaient dans la tristesse d'un glas dont l'air du soir boit les derniers tintements. Puis une voiture de plus roulant dans la rue ; et c'était toute sa vie qui était partie pour jamais.

Ambroise Renaud, bien que porté, comme tous les poètes, à l'illusion, savait toutefois assez la vie pour s'être rendu compte que c'était un amour véritable qui venait de se briser, aussi bien dans le cœur d'Eliane que dans le sien. Il avait été son premier amant et elle s'était donnée à lui avec toutes les grâces pudiques d'une véritable ingénue, sans coquetterie, sans fausse honte, comme une honnête fille à un homme dont elle est fière d'être aimée. Et jamais cette vertu véritable, dont leur liaison pouvait justement s'énorgueillir, à son début, ne s'était trahie durant ses longues allégresses. Elle était la maîtresse à qui suffisent les saines joies de l'Amour, le mystère des délices permises et dont une certaine chasteté délicieuse n'est pas bannie. Elle avait mis aux pieds du maître qu'elle avait choisi l'écrin de ses beautés, en lui donnant le droit d'y puiser à son gré, et le trésor de ses caresses sans chercher à augmenter, par des artifices, le prix de celles-ci.

Ah ! certes, il avait raison de pleurer ces nœuds si noblement despotiques à jamais rompus ! Il avait vraiment connu ce qu'il y a de plus haut et de plus grand dans la vie, auprès de cette créature éprise de sa chair, à lui, l'adorant vraiment de toutes les forces de son âme, inaccessible aux tentations du dehors, constante à ce foyer, plus doux que celui des vrais époux, où demeurent, sans que la loi le leur commande, les véritables amantes. Tu peux te meurtrir le front au parquet, pauvre diable, éclaircir l'argent déjà venu à tes tempes laborieuses, exhaler ton souffle en de stériles gémissements ! Tous ceux qui ont aimé, étant aimés eux-mêmes, pleurent avec toi !

La dernière bougie venait de mourir dans le candélabre posé sur a table en désordre. L'obscurité soudaine fut comme un sursaut à la rêverie désespérée d'Ambroise Renaud. Machinalement, comme mû par un ressort, il s'étira douloureusement sur le tapis, trébucha par deux fois sur ses genoux raidis et s'étant enfin levé vint s'abattre comme un poids, les bras en avant et la gorge gonflée d'un nouveau flot d'amertume, sur le lit ouvert, le lit tiède encore où Eliane s'était couchée une dernière fois. Le parfum de l'adorée l'enveloppa, le saoula, fit grimacer ses lèvres en morsures dans la batiste de l'oreiller, et remplit son cerveau vide de folies nouvelles. Ce n'était pas possible qu'elle fut partie. Elle allait revenir certainement. Tout cela n'était qu'un mauvais rêve. Mais non! Les derniers mots prononcés par elle tintaient à ses oreilles, dominant, comme le cri farouche des mouettes sur la mer nocturne, dans la clarté aveuglante des phares, ce menteur reflux d'espérances dont son cœur s'était, un instant rempli.

Partie! Elle était bien partie! Il ne sentirait plus jamais, le long de sa chair reposée, la longue caresse de cette chair amie dont le frôlement seul avait une douceur de baisers. Jamais, après l'ivresse savamment savourée à deux, il ne goûterait plus, sur ce sein tout haletant encore, l'illusion d'un sommeil où les deux êtres qui s'aiment sont confondus.

Cependant le bruit de la rue avait cessé; ce bruit de mer lointaine que sont les nuits à Paris, dans les quartiers tranquilles, s'était successivement amorti. Ambroise eut, comme tout, et comme tous, ce sentiment vague de lassitude qui descend sur la tumultueuse cité. Il s'étendit sur son lit, posa sa tête sur le traversin, étancha ses yeux mouillés et s'abandonna à l'obscure douceur d'une façon d'anéantissement. Mais il lui sembla que le vrai sommeil ne venait pas et que le rêve mal défini dont il était tourmenté, plutôt que soulagé, avait encore les ailes emprisonnées dans les tortures de la veille. Il sentait ses yeux grands ouverts, bien que cloués, par l'excès de ses fatigues, dans une complète immobilité.

L'écroulement des derniers tisons dans la cheminée attira ses regards de ce côté. Le feu avait continué de se consumer longuement et les derniers débris des bûches gardant des formes inconsistantes, édifices de cendre aux bords rouges qu'un souffle aurait fait évanouir, s'amoncelaient en figures fantastiques où l'on pouvait trouver également des villes imaginaires, des montagnes lointaines, des monstres causant dans leur barbe de poussière, tout ce que nous représente aussi, quand notre imagination prend librement son cours, un ciel nuageux et immobile, aux combats héroïques, aux avalanches incendiées, par les soirs d'été, quand le soleil descend derrière les rideaux de l'occident. Et remarquez que nous sommes d'autant plus sensibles à ces mirages que notre esprit a été plus frappé par quelque récente secousse. Ainsi naquirent vraisemblablement les superstitions parmi les premiers hommes.

Donc Ambroise regardait stupidement ces images de fantaisie encore debout entre les chenets obliquement écartés. Tout à coup, il lui sembla que l'une d'elles se précisait d'une façon inquiétante, presque menaçante bientôt. Le plus gros des tisons dont le milieu n'était plus qu'une mince ligne de charbon et dont un tronçon se dressait dans l'âtre, affectait, dessiné par l'ourlet de feu qui lui servait de contour, l'apparence d'un visage humain, celui d'un vieil homme grimaçant dont deux pointes de braise ponctuaient les yeux ardents, dont une braise plus large figurait la bouche, le tout enveloppé d'une chevelure de cendre et d'une barbe poudreuse ; et ce masque le contemplait avec une obstination telle que le poète fit un mouvement en arrière et sentit passer ces mots sur ses lèvres.

— Spectre que me veux-tu ?

— Te donner un bon conseil, lui répondit une voix tout à fait étrange, mystérieuse comme si l'arbre où la bûche avait été coupée, gémissait, comme autrefois, sous l'étreinte du vent.

— Qui es-tu donc, esprit de ténèbres ?

— L'esprit familier de tes aïeux devenu le tien.

— Ton nom ?

— Génésaboth.

— Nom de sorcier ! Viens-tu donc de l'Enfer ?

— Ni de l'Enfer, ni du Paradis, ni du Ciel, ni de la Terre. Je suis un de ces esprits errants qui volent entre la mer et les nuées, et qui font se signer les pêcheurs sur leur barque quand le vent de leurs ailes les effleure de trop près. Nous ne sommes ni des démons, ni des anges. Nous nous intéressons toutefois aux mortels et il nous plaît de protéger, à l'occasion, les descendants de quelque souche où un service nous a été rendu. C'est ainsi qu'un de tes aïeux me sauva de la brutalité d'un matelot anglais, un jour que je m'étais déguisé sottement en albatros pour approcher davantage une jeune miss délicieuse qui mangeait du plum-pudding à l'avant d'un navire. Et, depuis ce temps, j'ai voué aux tiens un dévouement sans réserve, jusqu'à venir me griller, — moi qui n'aime que les fraîcheurs de l'océan ! — entre des chenets pour te venir en aide dans ton chagrin d'amour.

— Tu t'occupes donc des choses de l'Amour ?

— Je ne m'occupe même que de celles-là. Car j'ai remarqué, qu'au fond, c'est elles qui conduisent toutes les actions humaines. Je n'en suis pas d'ailleurs à t'obliger pour la première fois.

— Vraiment, bon Génésaboth ?

— C'est moi qui ai décidé tes parents à te laisser embrasser l'admirable carrière de poète lyrique.

— Un joli service que tu m'as rendu là !

— Or çà, ne plaisantez plus, maître Ambroise! Si vous en êtes à renier tout ce qui fait votre vraie noblesse dans la vie, l'auguste état qui donne seul la vraie gloire, je renonce à m'occuper de vous.

— Va, tu n'en auras pas pour longtemps!

— Et pourquoi, je te prie?

— Parce que je vais me tuer.

— Voilà, en vérité, un ingénieux moyen de guérir ta douleur!

— Je la sais inguérissable.

— Essaye cependant. L'étude des sciences a fait rentrer la paix dans bien des esprits qui n'étaient guère moins troublés que le tien.

— Tu te moques de moi. Faust, lui-même a reconnu son inanité à combler l'abîme que creuse, en nos cœurs, le besoin d'aimer.

— Eh bien, oublie Eliane et aime une autre femme.

— Tais-toi misérable et ne blasphème pas une tendresse qui ne veut pas d'autre objet!

— Je conviens que tu n'en trouveras pas volontiers une pareille.

— Alors, à quoi bon ?

— Que ne fais-tu de la politique ?

— Pardon ! je n'en suis pas encore descendu là !

— Le goût des collections a aussi soulagé bien des affections inoccupées. Je connais un amateur de cure-dents qui se proclame le plus heureux des hommes depuis qu'il a celui de Napoléon.

— Va-t-en, drôle, ou d'un coup de pincettes dans le nez je te renvoie dans l'éternité.

De petites fumées bleues montèrent des prunelles embrasées du monstre, à cette menace ; mais bientôt son regard se remit à clignoter.

— Là, là, ne te fâche pas. Je connais encore un remède et celui-là ne te semblera pas si ridicule. Aime encore, mais sans aimer.

— Que veux-tu dire ?

— N'aime dans la femme que ce que peuvent donner toutes celles qui sont belles ; — et il y en eut beaucoup, de par le monde, depuis Eve qui était incontestablement charmante. Renonce aux tortures qui nous viennent de son âme perverse pour ne goûter que les délices qui nous viennent de son corps exquis. Crois-moi ! C'est encore celui-ci qui trompe le moins en elle. Son esprit léger nous est un continuel objet de déception. Mais un torse admirable, une poitrine marmoréenne, des flancs amphoresques dans leur harmonie, des jambes harmonieuses sont objets ne comportant aucune désillusion et dont un sot seulement se peut lasser.

— Hélas ! tout cela vaut-il autrement que par celle qui en anime les grâces ?

— C'est le sentiment désintéressé et artistique qu'il faut conquérir pour être heureux.

— Qu'est le baiser d'une lèvre qu'on approche sans ferveur ?

— Une fraicheur délicieuse à la bouche.

— Et l'étreinte de deux bras où l'on ne rêve pas de mourir dans une suprême extase ?

— Quelque chose de plus moelleux, de plus doucement tiède que les soies et que les duvets au toucher le plus exquis.

— Et les mots d'amour que murmure une lèvre pâmée et qui ne s'adressent pas à vous ?

— Une musique infiniment supérieure à celle des meilleurs pianos.

— Tais toi ! Tais toi ! tu me fais peur, hideux Génésaboth !

Et Ambroise se mit à regarder, avec plus d'attention encore, celui qui lui parlait. La figure de son esprit familier avait pris vraiment une expression diabolique. Les braises de ses yeux, prêtes à s'éteindre, sans doute, au tison prêt lui-même à s'écrouler en un petit tas de cendres chaudes, étaient lugubrement éblouissantes et sa bouche, où l'ombre faisait un sillon, dans la partie lumineuse encore, avait un rictus épouvantable. Le Poète était comme médusé.

— Et tu appelles cette libératrice des hommes qui ne peuvent guérir un ancien amour ?

— La Luxure, mon bon petit filleul ! La Sainte Luxure qui a plus fait pour le monde que le Travail et la Vertu, l'infatigable ouvrière du néant qui n'a pas permis aux races d'être éternelles et a, sans cesse, renouvelé la place aux générations à venir ; celle qui, lorsqu'elle tente les cœurs des héros ou des poètes, les a su mettre plus bas que la bête immonde et a toujours été nivelant l'humanité ; la Luxure qui a dépassé en génie les arts les plus fameux, la délicieuse corruptrice des âmes demeurées pures et la victorieuse ennemie de l'Idéal dont meurent les crève-la-faim ! La Luxure dont le fleuve plus large que le destin même, roule, parmi les douleurs humaines, des abîmes d'oubli !...

— Fais-la mon amante, Génésaboth ! s'écria Ambroise vaincu par l'éloquence démoniaque de ce brin de cendre piqué de feu.

— Tu la verras tout à l'heure. Adieu !

Et le tison complètement éteint, cette fois-ci, n'était plus, au bord de l'âtre sombre, qu'un petit tas de poussière blanche.

Ambroise porta vivement ses mains à ses yeux ; ceux-ci étaient toujours ouverts. Avait-il rêvé ? Ou la réalité avait-elle de tels caprices ? Il était comme brisé de l'attention fébrile qu'il avait prêtée à toute cette scène. Il laissa retomber sa tête sur l'oreiller et se força à dormir enfin. Mais ce fut un appel inutile à ce doux évanouissement de la pensée qu'est le vrai sommeil. Il cessa cependant d'appartenir au monde, à sa douleur, à son dernier cauchemar, pendant un temps qu'il ne lui fut pas permis de mesurer. Quand il sortit de cet état, presque de cette léthargie, l'aube grise d'hiver mettait une buée aux rideaux, comme un frisson de blancheur maladive ; et cette clarté mélancolique se tamisant avec une intensité plus grande, ses yeux ayant repris leur fixité machinale, il vit distinctement une grande forme, une forme de femme qui s'allongeait au chevet de son lit et le contemplait lui-même fixement. Le cri, prêt à sortir de sa poitrine, à cette seconde apparition, s'y étouffa, et ce fut comme une effluve instinctive de baisers qui lui vint à la bouche.

L'inconnue mystérieuse était admirablement belle, puissante et languissante à la fois, avec des yeux brillants, tentateurs et las tout ensemble. Elle n'avait rien des fraicheurs virginales, mais l'éclat

triomphant d'une maturité naissante dont les enfantements n'avaient pas dérangé la plastique harmonieuse. Sa magnifique chevelure que retenaient de somptueux bijoux tombait sur ses épaules aux veines d'un azur tendre venant serpenter, par dessous les bras, jusque sur sa poitrine plus abondante que rigide, mais dont le dessin avait gardé sa native noblesse. Elle était complètement nue et son ventre, un peu épais, avait les blancheurs sereines d'un tombeau dont l'automne a roussi les mousses. Sa chair répandait une odeur énivrante où le parfum de la femme se mêlait à d'autres parfums. Des anneaux d'or massif chargeaient ses poignets et ses chevilles. Tout était merveilleusement sensuel dans son beau visage : sa bouche charnue, son nez aux frémissements voluptueux, ses regards chargés de caresses indifférentes mais mortellement désirables.

— Me trouves-tu belle ? demanda-t-elle au poète d'une voix charmeuse.

— Oui, fort belle ! murmura Ambroise qu'une émotion poignante faisait palpiter comme une feuille dans le vent du matin.

— Je suis la sœur de Génésaboth qui t'a consolé tout à l'heure.

— Madame la Luxure, reprit Ambroise dont l'entendement s'était raffermi, je vous appartiens corps et âme !

— Je me contenterai de ton corps, ne pouvant te donner autre chose que le mien. Car, telle que tu me vois, je ne m'appartiens pas et ma pensée ne saurait appartenir à un homme. Je me nomme Pasiphaë et j'aime un Dieu sous la figure d'un taureau. Mais c'est, par les beaux jours de printemps seulement, quand le soleil aiguise ses premières flèches aux pointes encore humides des rochers, que celui-ci descend dans le gai pâturage où le poursuit mon inguérissable désir. En cette saison j'occupe encore, comme je le peux, les loisirs de ma tendresse obstinée pour ce magnifique animal auquel ma cousine Europe n'eut pas fait tant de difficultés de livrer le poids charmant de son corps virginal. C'est ainsi que j'ai pu régner sur le monde depuis le temps des Olympes révolus.

— Ou me mèneras-tu, enchanteresse ?

— Mais un peu partout où j'ai fait triompher mon empire depuis que l'homme a cherché, dans mes délices grisantes, l'oubli des réelles tendresses, ou demandé à mon génie ce que ne lui donnaient ni la puissance ni la gloire : en Assur sous Sardanapale, en Thessalie quand y régnait le vieux Pan, à Corinthe, patrie des courtisanes, puis à Paris quand il remplaça Corinthe ; non pas seulement dans tous les âges, mais dans tous les pays, dans cette Inde mystérieuse où l'art le plus honoré fut toujours l'art d'aimer !

— Et, nous allons partir ?... tout de suite ?

— Allons, je vois que tu ne crois pas encore en moi, Poète !

— Mais que serais-je moi-même pendant ce long voyage à travers les siècles et sur le chemin des espaces ?

— Tu resteras ce que tu es, celui qui chante, et qui, comme le cygne, ne chante jamais mieux que lorsqu'il souffre. Le poète aussi est mon contemporain, Il est celui du monde. Il m'a souvent célébrée : tel Anacréon et tel Ovide. En chaque scène que tu revivras, grâce à moi, je t'identifierai avec celui qui y fut mêlé et tu renaîtras ainsi sous les noms des plus illustres. Allons, viens !

— Pas encore ! balbutia Ambroise suppliant.

— Tu veux des arrhes, avant de te confier à moi ? Tiens !

Et le poète Ambroise Renaud se sentit enveloppé d'une caresse si éperdument violente, les lèvres écrasées par une bouche si ardente et les flancs maintenus par un embrassement si furieux qu'il en crut mourir ; de telles et si savantes délices ruisselèrent en lui qu'il sentit qu'il s'évanouissait et qu'une force mystérieuse, invincible, l'emportait dans l'Infini.

II

LES MÉNADES

Un paysage antique que borne un horizon de montagnes où la neige fait courir un feston d'argent ; un ciel bleu que traverse le vol farouche des ramiers ; des collines s'étageant sous des ceps ensoleillés. Les pipeaux rustiques résonnent sous les hêtres et, sur les rives du fleuve, une clameur invisible que scandent des cymbales, court dans la brume légère.

— Où sommes-nous ? interroge la voix, toute hésitante encore de sommeil, du Poète.

— En Thrace, répond Pasiphaë de sa voix claire, et dans les temps olympiens. Pendant quelques heures tu vas être Orphée ; n'as-tu pas, toi aussi, perdu une Eurydice ?

— Et toi même ?

— Moi je suis celle qui te conduit partout où la Luxure a consolé l'homme vaincu par les destins. Si tu veux cependant savoir le nom que je porte, dans l'aventure que tu vas vivre, je me nomme Testylis.

Et Ambroise Renaud se ressentit enveloppé par l'aile despotique et frémissante du Rêve.

Ces deux beaux enfants qui se promènent, l'un sur l'autre penchés, dans une pose amoureuse d'un abandon cependant inquiet, c'est le pasteur Hylas, qui ne compte guère que seize ans, mais qui est déjà renommé pour son art et les sons charmeurs qu'il tire de sa flûte à trois trous ; et c'est Myrrha, la nymphe qui compte à peine un an de moins que lui, Myrrha, toute blonde comme un rayon de miel et si chastement gracieuse, dans sa courte tunique aux couleurs d'hyacinthe.

Tous les deux s'aiment depuis qu'ils se connaissent, c'est-à-dire presque depuis toujours, puisque leurs parents sont voisins. Mais ils ne sont pas de fortune égale et l'avarice de la mère de Myrrha les sépare. Il leur faut donc se cacher maintenant pour aller à la recherche des nids dans les aubépines matinales et, pour choisir, dans quelque coin ombreux, un lit de verdure, semé d'anthémis et de crocus, fait pour leurs siestes caressantes.

Aussi gémissent-ils doucement comme des tourterelles, tout en traînant leurs jolis pieds nus sur le sable où courait, il y a quelques jours encore, entre les rives aujourd'hui séchées, un joli ruisseau couleur de ciel. Or, dans cette promenade à l'aventure de leur mélancolie, n'ont-ils pas approché la hutte maudite où la sorcière Canidie compose ses redoutables enchantements !

— Tu n'as pas peur ? dit Hylas qui s'en aperçut le premier.

— J'ai si peu peur, reprend Myrrha, que j'ai envie que nous l'allions consulter, cette femme redoutable.

— Y penses-tu? Tout le monde la fuit et la terreur seule la sauve de l'exécration publique. Et l'on dit que sa fille Testylis est plus méchante encore !

— Testylis, la Ménade, celle qu'on voit aux fêtes de Bacchus, les cheveux au vent et la serpe à la main, frappant au hasard et mêlant volontiers le sang au rouge vin qui court sur ses mains et sur ses lèvres !

— Fuyons ! Fuyons ! ma douce Myrrha. Le temps de la vendange est prochain et ces furies se démènent déjà le long des fleuves, heurtant les thyrses contre les boucliers de cuivre. Ne les entends-tu pas ?

— Eh ! mon pauvre Hylas, que pourrait nous faire de pis la sorcière que ce que nous endurons ? Qui sait ! elle aurait peut être pitié de nous et nous donnerait un philtre qui ne permettrait plus de nous désunir !

— Au fait, reprit à son tour le jeune berger, elle ne saurait être plus cruelle pour nous que nos parents eux-mêmes. Tu as raison, Myrrha, et j'ai honte que tu sois plus courageuse que moi. Allons heurter à l'huis de Canidie.

La vieille apparut à leur appel, si vraiment horrible que le même effroi leur serra le cœur à tous les deux. Ses cheveux, dont les nattes n'avaient pas été dénouées depuis bien des années, lui faisaient comme une coiffure de serpents ; on eut dit l'horrible Gorgone elle-même. Ils étaient d'un gris sale et huileux, jaillissant de son front hâlé et tout coupé de rides profondes. Ses yeux clairs, et habitués à l'ombre, clignotaient, à la lumière du jour, comme ceux des oiseaux de nuit ; et sa bouche aux lèvres atones, à l'arc détendu, flottait comme une loque autour de ses dents longues et dépareillées ; sa physionomie était adéquate à ses traits, et son sourire n'était pas moins effroyable que sa bouche et son regard n'était pas moins hideux que ses yeux.

Et cependant, elle avait été belle la sorcière Canidie. Elle avait été belle et avait aimé et s'était crue aimée. Elle s'était donnée dans toute la vaillance d'une tendresse que celui qui en était l'objet avait trahie. Et voilà pourquoi, comme une semence empoisonnée qu'apporte au sillon le vent amer, une telle haine des hommes lui était venue au cœur, et avait germé au plus profond de son être, qu'elle recourait aux plus effroyables magies pour venger, sur tous, l'affront qu'un seul lui avait fait.

Et à sa fille Testylis, elle avait insufflé le même sentiment d'épouvantable rancune, et elle avait voulu que la Beauté de celle-ci fut un instrument de torture pour quiconque oserait l'aimer. Volontairement elle l'avait faite la sœur des Ménades décriées dont la virginité mensongère n'était qu'un voile hypocrite et ne dérobait que l'effroyable impudeur. Car en vain semblaient-elles n'aimer que le sang vermeil des vendanges et ne servir que le doux Bacchus, dieu des chansons et des oublis délicieux. Il fallait un autre sang à leurs coupes, en ces fêtes mystérieuses où elles ne feignaient ainsi d'être folles que pour conquérir l'impunité de tous les crimes.

— Que voulez vous ? avait demandé la sorcière aux deux enfants. Et, comme ils hésitaient, tout tremblants maintenant de ce qu'ils avaient fait, devant son être sordide et redoutable.

— Entrez ! mes amis, et dites-moi ce que je puis faire pour vous.

L'intérieur de l'antre de Canidie n'était pas pour rassurer Hylas et sa compagne. C'était une cabane grossière, avec des meubles mutilés ; et aux murs, aux murs sales et crasseux, des bêtes monstrueuses accrochées, des serpents et des hiboux ; un chat très maigre dessinait, en ombre sur la muraille un jeu d'osselets vivant. Dans l'âtre au cadre ébréché et que la fumée avait noirci, tous ses menus instruments de sorcellerie. Des rats dans une cage et des grenouilles nageant dans un vase éculé. Malgré ce que ce spectacle avait de peu tranquillisant, Hylas reprit courage le premier.

— Nous nous aimons tous les deux, fit-il d'une voix très douce, et nos parents nous séparent.

— Vous souhaitez alors un philtre qui vous débarrasse d'eux ?

Les pauvres enfants eurent un soubresaut d'indignation ingénue. La méchante sorcière se prit à rire en se tenant les côtes avec ses maigres doigts qui claquaient comme ceux des squelettes.

— Non ! fit Myrrha vivement. J'adore ma mère, bien que ce soit elle qui fasse notre malheur. Mais ne pourriez-vous nous faire prendre un breuvage qui nous rendrait inséparables, malgré la mauvaise volonté de ceux qui nous oppriment.

— Rien de plus simple, fit Canidie. Et elle se mit à réciter des mots magiques, des paroles infernales au-dessus d'un liquide qu'elle faisait, en même temps, chauffer sur un mauvais tison.

— Voilà, fit-elle. Buvez !

Ils burent, chacun à son tour, et poussèrent un cri. Le philtre opérait à l'instant. Ils étaient maintenant comme cloués au sol fangeux de la pièce et ne pouvaient plus se rapprocher l'un de l'autre.

— Par Jupiter ! fit la vieille, en éclatant de son mauvais rire, j'ai composé mon philtre à rebours. Vous voilà pour jamais séparés.

Hylas et Myrrha vainement supplièrent et Canidie prenait une joie féroce à leur innocente douleur. Mais un grand bruit du dehors la détourna de sa cruelle gaîté. Des cris farouches, une rumeur de colère et des menaces de mort approchaient comme dans une trombe de vent. En même temps, Testylis, sa fille, les cheveux épars, toute ensanglantée, poursuivie par une troupe de bouviers armés de bâtons dont elle avait frappé le compagnon de sa serpe, et qui menaçaient de l'écraser, elle-même, sous leurs triques pesantes. Mais Canidie parut au seuil, et la terreur qu'elle inspirait partout était telle, que sa vue seule arrêta les bouviers et que son regard gris, tout chargé de maléfices, les cloua sur place.

Pendant ce temps-là, Testylis passant furtivement sous son bras levé, s'était précipitée dans l'antre et réfugiée dans le coin le plus obscur, relevant ses cheveux le long de ses tempes rougies, l'œil venimeux comme celui de la couleuvre qui se dresse, sifflante, contre un mur. Mais les assaillants ont repris leurs esprits et la colère leur a remonté au cœur. Que peuvent contre eux deux femmes, pour magiciennes qu'elles soient! Et les voilà qui vont se ruer, à nouveau, contre l'huis que Canidie tient refermé, s'arc-boutant sur ses jambes tremblotantes de vieille et crachant des injures autour d'elle. Mais un son de lyre, une musique divine, et qui semble sortir d'un bois de lauriers roses voisin, les arrête tout à coup de son charme mystérieux. C'est une plainte d'une suavité tellement surhumaine que ce que n'avait pu faire le pouvoir infernal de la sorcière s'accomplissait sous cette voix venue du ciel.

Un homme jeune encore, au mélancolique visage et d'une grande beauté apparaissait bientôt, marchant devant lui comme s'il ne voyait pas son chemin, tant sa pensée et son regard semblaient ailleurs, perdus dans quelque rêve plein d'étoiles. Le grand vacarme querelleur, au milieu duquel il arrivait, sembla cependant le réveiller en sursaut. Prenant de ses deux mains sa lyre, comme jadis on montrait aux peuples les rois nouveau-nés, il l'éleva devant lui et tous les bâtons levés tombèrent, et les bouviers, s'écartant, avaient bientôt disparu derrière le bois de lauriers roses, regagnant la montagne abrupte où leurs troupeaux abandonnés tendaient déjà, dans l'air du soir, leurs larges cous velus et mugissants, inquiets de l'étable.

A travers les fentes de la porte refermée aux planches mal jointes, Canidie avait suivi des yeux ce curieux spectacle. Orphée était maintenant devant le seuil, plein de lassitude après sa longue promenade de chaque jour, à la recherche toujours inutile de sa chère Eurydice. Avec un mauvais sourire Canidie, quand tout bruit eut cessé, rouvrit la porte et demanda à l'étranger s'il ne lui conviendrait pas de se reposer chez elle. Orphée la remercia du geste et fit quelques pas en avant dans la chambre sordide où lentement ses yeux s'habituèrent à l'obscurité, lui montrant, dans l'angle où elle s'était réfugiée, Testylis qui rapidement avait lissé, en deux bandeaux, ses lourds cheveux le long de sa tête, essuyant aussi le sang qui maculait son visage et apparaissant, sous la clarté vague de l'huis, dans l'éclat soudain ressuscité de sa beauté vraiment merveilleuse; et le rayonnement de ses yeux pareils à des gemmes enveloppait l'étranger qui en éprouva comme un trouble invincible.

Mais l'attention de celui-ci, à mesure que les objets se faisaient plus distincts pour lui, fut bientôt détournée par le couple misérable et dolent que faisait Hylas et Myrrha toujours séparés l'un de l'autre, et dont les joues étaient luisantes de larmes. Doucement, pendant que Canidie le contemplait d'un regard plus ingrat et plus menaçant encore, il demanda aux pauvres enfants ce qui leur causait cette douleur, et, aussitôt, dans un geste pareil au premier, à celui qui avait dispersé les bouviers, il étendit vers eux sa lyre.

— Sorcière, fit-il à Canidie, d'une voix ferme, mais sans colère, tu sauras que la Lyre immortelle est plus puissante encore que tes enchantements.

Et, en effet, Hylas et Myrrha, subitement délivrés, étaient déjà dans les bras l'un de l'autre, se mangeant de caresses gourmandes et bénissant celui qui leur rendait mieux que la vie, en leur rendant l'amour. Puis tous les deux, comme deux oiseaux dont on ouvre la cage dans l'air printanier, ou comme deux papillons surpris au cœur d'une même rose, ils s'en allèrent avec un rire aux lèvres où tintait encore la musique divine des baisers. Canidie était intérieurement furieuse. Mais il fallait, pour sa vengeance, que le poète demeurât quelques heures encore dans son pouvoir ; elle lui offrit donc l'hospitalité. Combien sa colère eut été plus grande encore si elle eut surpris le regard chargé de tendresse éperdue et de désir sensuel, de passion brûlante et d'impudiques vœux dont Testylis, inquiète, frémissante, fiévreuse, couvrait cet hôte qui l'avait sauvée et qu'elle sentait menacé d'un effroyable péril.

— Vous semblez las, noble voyageur, avait dit la sorcière au poète, en l'amenant vers une façon de lit que jonchait une toison à demi-chauve ramenée sur de grossiers coussins aux angles usés et effilochés.

Testylis était lentement sortie de sa retraite, rajustant encore avec plus de soin, autour d'elle, comme dans un rapide mouvement de coquetterie, sa tunique déchirée et qui laissait voir, par de larges ouvertures, l'admirable dessin de ses épaules et de ses reins, l'ampleur voluptueuse de ses hanches au ton d'ambre, la noble ligne de ses cuisses rebondies jusqu'à l'arrondissement exquis d'un genou dont le contour rose et nacré semblait celui d'un superbe coquillage.

Avec quelque chose de pieux et d'inattendu dans les gestes, d'affectueux et de recueilli dans les poses, elle façonnait, de son mieux, cette couche rudimentaire pour le repos du nouveau venu. Telle une mère le berceau de son enfant. D'une étoffe légère et soyeuse, dont elle était enveloppée en entrant et qu'elle avait jetée, elle fit un drap plus délicat au poète et baissa les yeux avec une humilité reconnaissante, quand il la remercia d'un regard chargé de mansuétude infinie. Un instant après, le sommeil, fils de la fatigue, allait fermer les yeux d Orphée quand Canidie qui était retournée à ses fourneaux :

— Ne vous endormez pas sans avoir pris, cher hôte, quelque cordial de ma façon !

Testylis eut un frémissement, mais le réprima. Quand le breuvage fut prêt, elle-même s'offrit pour le tendre à l'étranger et, d'un mouvement habile, vida la coupe à terre avant de la porter aux lèvres d'Orphée qui ne s'aperçut même pas qu'elle était vide, tant il était déjà endormi.

Sans que rien indiquât qu'elle eut saisi quelque chose de ce manège, Canidie serra tendrement sa fille entre ses bras, et lui dit qu'elle allait reposer dans sa chambre, une façon de taudis annexe à son laboratoire infernal. Mais je ne sais par quel pressentiment elle demeura éveillée et, se rapprochant bientôt sur la pointe de ses pieds nus, glissant son regard d'oiseau de proie dans le grand désordre où dormait Orphée et où Testylis était restée le veillant, elle éprouva d'abord un certain étonnement de voir le Poète toujours souriant dans son sommeil, le poison qu'elle avait versé pour lui ayant déjà dû glisser son feu mortel dans ses veines.

Mais ce qu'elle vit encore la surprit bien davantage.

Donc l'étranger était étendu sur la couche que Testylis avait faite plus moelleuse pour lui, le front noyé dans sa belle chevelure blonde bouclée naturellement, et la splendeur juvénile encore de ses formes viriles resplendissait dans une attitude pleine d'abandon. A son chevet, il avait suspendu sa lyre comme on garde auprès de soi l'image d'un Dieu familier, et ses belles mains nonchalantes, silencieuses maintenant, pendaient le long de son corps alangui. Allongé à terre, comme un chien fidèle, Testylis le caressait des yeux et ses lèvres semblaient chercher, pour s'y coller, les plis inertes de son vêtement, Testylis qui avait achevé de réparer le désordre de sa propre toilette et dont la beauté brune ne resplendissait pas moins en cette pose de sentinelle jalouse, son beau torse presque nu se développant dans une inflexion qui en faisait ressortir les lignes solides et voluptueuses à la fois, sa croupe de jeune cavale se tendant et s'arrondissant en cette attitude de faux repos.

Et un soupçon terrible vint au cœur de Canidie, celui que sa fille ne fut sur le point de trahir cette haine vivace de l'homme qu'elle avait si profondément implantée dans son âme. Mais ce qui se passa ensuite fut pour lui enlever toute illusion sur ce point.

Un mouvement d'Orphée ayant révélé que son sommeil devenait plus léger, ne vit-elle pas Testylis, sans quitter son attitude allongée, se hausser doucement pour rapprocher son visage de celui de l'Inconnu, pour l'enlacer d'un de ses bras tout doucement, cependant qu'elle se soulevait sur l'autre, et chercher, toute frémissante, ses lèvres avec ses lèvres. L'étranger n'avait pas ouvert les yeux, mais il était certain que la caresse lui était exquise, puisqu'il ne la fuyait pas ; une extase très douce, un bien-être sensuel se peignaient sur son visage où tombait un beau rayon de lune. Car la nuit était venue et, par le toit mal fermé de l'antre de la sorcière, la belle lumière d'argent, que versent les cieux, s'épanchait comme l'eau d'un fleuve dans un ruisseau ouvert sur sa route. Et Canidie mordait ses vieux poings osseux de rage en voyant ainsi sa propre fille lui échapper.

Mais ce ne fut pas tout encore : accentuant son mouvement d'ascension oblique, Testylis maintenant avait glissé jusque sur la couche même ou reposait le Poète. De son second bras, elle avait complété le collier dont l'autre avait posé les premiers anneaux. L'Etranger aussi avait refermé les siens sur ce torse délicieux, souple et serpentin dont l'enveloppait l'attirance. Très doucement s'entr'ouvraient les yeux du dormeur, sur un ruissellement de joie intérieure... Canidie allait bondir pour frapper l'infâme. Mais elle pensa que cela ne lui rendrait pas sa fille, elle qui avait connu l'implacabilité de l'amour !

Un éclair passa d'ailleurs sous son front. Comment n'avait-elle pas, tout de suite, reconnu Orphée dont la Grèce tout entière savait la fidèle histoire. Elle invoqua Hécate de toute l'ardeur de son âme, en tendant vers son image reflétée dans un vase d'eau claire, une branche de houx cueillie suivant les rites et Hécate l'exauça. Car celle qu'elle évoquait apparut.

Au moment même où Orphée, ivre de la plus douce ivresse, ouvrait enfin les yeux, une forme blanche, qui avait glissé dans le rayon de lune inondant le coussin où reposait sa tête, se dévoila et Eurydice apparut aux yeux du Poète qui poussa un grand cri, repoussa vivement Testylis de ses bras et, comme un fou, suivit, par la porte miraculeusement ouverte, l'image clémente dont la seule vue avait fait s'évanouir son rêve de volupté !

— Eh bien ! Testylis ? dit la sorcière à sa fille, avec un ricanement féroce.

Testylis, les yeux hagards, les cheveux en désordre, se mordait les poings et gémissait comme une bête dont on vient de voler les petits. Puis dans un étouffement de sanglots, elle roula sa belle tête sur l'oreiller dont un parfum vivant lui rappelait encore l'hôte envolé. Alors Canidie eut pitié d'elle. Redevenue mère, elle se pencha vers l'infortunée et lui dit quelques paroles de pitié qui devinrent bientôt des paroles de vengeance. Laisserait elle impuni l'homme qui lui avait fait cet outrage ?

Mais Testylis pleurait toujours sans répondre, le sein haletant encore tout ensemble des ivresses de l'étreinte interrompue et de l'horrible douleur qui l'avait soudain traversée. Et la vieille continuait à l'objurguer, lui détaillant tout le mal que, grâce à leur pouvoir, elles pouvaient faire à l'infidèle.

Tout à coup Testylis se releva brusquement, se posa sur ses poignets comme un fauve prêt à bondir, secoua en arrière, comme un lion, sa lourde chevelure emmêlée et s'écria :

— A la fête de Bacchus maintenant !

— Et la Ménade exaspérée qui était en elle, ressuscitant, après cette accalmie de douleur, l'âme tragique qui était sienne rompant cette chrysalide bucolique pour rendre le vol à ses ailes noires, elle eut un rire strident à penser que celui qui venait de la briser et de lui faire un tel affront, elle le livrerait à ses compagnes furieuses et que le fouet furieux des thyrses disperserait, dans l'air, sa chair en lambeaux.

Le lendemain, — à l'aube rose et claire qui,à travers le tamis vivant des feuillages, piquait, dans l'herbe fleurie, des pointes d'or pâle à peine ensanglantées, près du petit bois sacré voué à l'Amour dont la statue surmontait un socle de marbre, un carquois sur l'épaule et une coupe à la main, — c'était une grande musique de flûtes et un bruit rythmique de tambourins. Les bergers, amis d'Hylas et les nymphes, compagnes de Myrrha, y célébraient les noces des deux amants fugitifs. Dans un instant, devant l'image du dieu qui leur avait pris le repos et donné l'immortelle ivresse, ils allaient boire, à la même coupe, le vin qui unit pour jamais, versant la même ferveur parfumée dans deux cœurs pour toujours unis.

Rien de plus exquis que cette harmonie matinale saluant le réveil des oiseaux étonnés, et tandis que les jouvenceaux dont des toisons blanches d'agneaux serraient les reins souples, mais déjà robustes, gonflaient leurs lèvres à celles des chalumeaux, les jeunes filles, en robes légères, aux tons exquis de violettes pâles et d'anémones changeantes, dansaient un pas doucement voluptueux dans ses audaces virginales. Myrrha, les bras relevés, comme les anses d'une belle amphore, au-dessus de la tête, et ses beaux cheveux blonds tombant jusqu'à la ceinture dénoués à demi, comme l'écharpe d'Iris, donnait, à son torse gracieux, des inflexions discrètes, cependant que ses jambes se nouaient et se dénouaient noblement, les deux pieds demeurant joints comme deux colombes qui se becquètent en battant doucement de l'aile; et nul n'aurait pu dire, la grâce exquise de son geste, la chasteté troublante de sa pose, cependant, qu'à ce mouvement mesuré, les fleurs sauvages qu'elle avait piquées dans sa crinière d'or s'effeuillaient lentement, en pluie odorante, sur ses épaules graciles.

Hylas en oubliait sa flûte pour la regarder et ses compagnons le plaisantaient avec de feintes mauvaises humeurs. C'était un tableau d'un charme tout idylique et contrastant avec les sombres images de la nuit.

Une dernière invocation à l'Amour toujours immobile dans sa sérénité de pierre, une dernière guirlande de pieds nus et roses se formant autour de l'autel sur lequel il était posé; puis, le vieux de la troupe, le berger Ménalque avait tendu la coupe aux deux amants et ceux-ci, à leurs lèvres maintenant unies, en cherchaient encore, en d'impatients baisers, les dernières gouttes.... Un bruit très léger dans le feuillage et un grand émoi de tous. Il sembla qu'un fantôme, coloré de blanc et de bleu par les derniers rayons de la lune, venait de traverser le gazon, en une course folle et de disparaître derrière un bois d'églantines, dans un grand effarouchement d'abeilles d'or subitement éveillées et bourdonnantes. En même temps presque, un homme haletant, brisé de fatigue, s'affalait sur une grande touffe d'anthémis. C'était Orphée, le malheureux Orphée, à qui Eurydice venait d'échapper une fois encore, emportée comme une feuille dans la rafale, par une fatalité sans merci.

Ce fut presque, au premier moment, l'indignation d'un mystère profané. Le berger Ménalque allait lever son bâton sur l'étranger. Mais Hylas et Myrrha avaient reconnu, tout de suite, celui qui les avait sauvés dans l'antre de Canidie, la sorcière, la veille et tous les deux, s'interposant entre leurs compagnons et l'inconnu, apprirent, à

ceux-ci, que celui qui venait ainsi, sans même avoir choisi son chemin, était un ami.

— O cher voyageur, lui dirent-ils en prenant ses mains lasses et déchirées de ronces et en y posant leurs lèvres, toi par qui nous sommes heureux aujourd'hui, que notre toit soit le tiens si tu es sans asile! C'est une très humble retraite, mais nos amis l'ont parée de feuillages verts et de fleurs fraîches pour la première nuit que nous y passerons ensemble. Nous y voulions fuir les regards indiscrets, mais un hôte tel que toi n'en saurait troubler la chère solitude. Un divin chant de ta lyre ne saurait que porter bonheur à notre amour.

— Merci, chers enfants, répondit Orphée, mais plus que les amours fidèles encore, les grandes douleurs ne veulent pas de témoins.

— Rien ne peut-il donc soulager ta peine ?

— Rien! Vous avez connu, vous-mêmes, la torture d'être éloignés de celui ou de celle qu'on aime, ne fut-ce que quelques instants. Mesurez donc au vôtre mon chagrin, en vous disant qu'il sera éternel.

— Ne saurait-on retrouver celle qui t'a fui tout à l'heure ?

— Qui la saurait retrouver quand c'est par la volonté des dieux, et malgré soi, qu'elle m'est ravie ?

— Dis-nous le nom de celle qui est adorée d'un poète aussi grand que toi ?

— Eurydice !

Et le nom de l'amante se brisa dans un sanglot.

Mais soudain, comme si un courage éperdu lui venait du ciel, Orphée dégagea son front de ses mains qui y avaient laissé leur empreinte angoissée, et de ces mêmes mains, il saisit sa lyre, et ses doigts meurtris par les buissons en tirèrent des accents si admirablement harmonieux, et sa voix exhala, en même temps, une plainte d'une éloquence si déchirante que les bergers et les nymphes émus le regardaient avec inquiétude, pensant qu'un cygne seulement pouvait trouver de pareils accents, avant de mourir.

Tout à coup le feuillage tressaillit et une forme voilée s'en dégagea doucement, comme si elle répondait à l'appel désespéré du chanteur. Orphée exhala un cri qui mourut dans sa gorge, laissa tomber sa lyre de ses mains exténuées et, se précipitant vers celle qui venait ainsi, ouvrit largement ses bras pour l'étreindre ; puis, comme terrassé par un émoi surhumain, par un besoin d'adoration qui tue, s'abattit aux pieds de l'apparition, baisant les plis de son voile et l'herbe que ses pas avaient foulée.

C'était Eurydice qui était devant lui, Eurydice telle qu'il l'avait vue au seuil de la sorcière et qu'il avait poursuivie, toute la nuit, sous le regard moqueur des étoiles, en s'arrachant les pieds aux épines de la route ! D'une voix qui râlait, il lui dit :

— Ah ! par pitié, Eurydice, montre-moi ton cher visage !

Mais, levant la main, que le tissu léger enveloppait aussi, vers le firmament maintenant incendié de lumière, Eurydice lui rappelait l'arrêt des dieux par quoi il la perdait pour jamais s'il cherchait à voir ses traits avant l'heure qu'ils avaient choisie. Triste il se releva à demi de terre, demeura encore un instant agenouillé devant elle, fouillant, d'un regard plein de larmes, le secret des plis du vêtement dont les transparences disparaissaient en s'accumulant, se dressa enfin tout à fait et, sans oser toucher la mystérieuse nouvelle venue, se tint près d'elle, buvant le parfum discret de son corps à peine vêtu dans cette enveloppe idéale, se sentant mourir à la fois d'angoisse et de bonheur.

Car c'était bien les lignes admirables du corps d'Eurydice, la sveltesse divine et majestueuse de sa taille, le port plein de fierté de sa tête et le noble contour de sa chevelure retenue par un long ruban, et encore la courbe harmonieuse de ses épaules et, dans sa sandale aux liens d'or tressés, la forme auguste de son pied fait pour humilier délicieusement les plus nobles fronts. Et le premier doute, vite amassé dans sa tête et dans son cœur, par tant de déceptions douloureuses, disparaissait à cette contemplation prolongée de celle qui était devant lui, et qui, silencieuse elle-même, semblant aussi vaincue par quelque angoisse, était comme une statue, comme une Galatée mélancolique attendant le soufle de Pygmalion.

En même temps, une joie immense se peignait sur son visage, un rassérènement croissant rendait à ses traits leur douceur, et son sourire se tendait comme un arc vers l'inconnue, avec, pour flèches,

tout un carquois de baisers. Ses mains frémissantes insensiblement se rapprochaient d'elle. Et, comme si l'attirance était contagieuse entre ces deux êtres encore mal sûrs l'un de l'autre, Eurydice aussi se penchait doucement vers l'étreinte qui allait s'ouvrir et se refermer, éperdue, sur elle.

Les bergers et les nymphes suivaient, avec un intérêt attendri, cette scène d'une poignante intimité pas-

sionnelle, et le bonheur se peignait aussi sur leurs traits, un bonheur sympathique et bienveillant, à mesure que le mystère semblait s'éclaircir comme dans une auréole de tendresse.

— Remercie les Dieux qui te rendent celle que tu aimes ! lui dirent Hylas et Myrrha, mariant leurs jolies voix de colombes.

Maintenant plus rien que le voile jaloux entre les tendresses encore timides d'Orphée et l'abandon toujours inquiet de sa campagne. Mais comme on sentait leurs deux âmes fondues dans ce vain embrassement ! Alors le berger Ménalque, le plus vieux de la bande, déjà vénéré de tous, non pour son âge, mais pour sa grande science à jouer de la flûte et à soigner les troupeaux, Ménalque dont tous admiraient la sagesse, s'approcha du couple silencieux :

— Regarde, étranger, fit-il, cette statue de l'Amour aux pieds de laquelle Hylas et Myrrha ont été fiancés tout à l'heure. Sais-tu que ceux qui boivent à la même coupe, en l'invoquant, et après avoir versé un peu de vin sur cet autel, ne peuvent plus être séparés désormais ?

— Que me dis-tu, berger ? s'écria en tressaillant Orphée.

— Ce que tout le monde sait dans cette vallée, n'est-ce pas, mes amis ?

Tous jurèrent, tendant les mains vers la statue, que le pasteur disait la vérité.

— Donne-moi donc la coupe ! s'écria de nouveau le Poète, rayonnant comme aux heures où le feu de son génie illuminait son front, cependant qu'un tressaillement de triomphe passait aussi sous les plis flottants du voile de sa compagne.

— Eurydice ! Eurydice ! nous allons conjurer le sort contraire, et rien, plus rien au monde, ne t'arrachera de mes bras !

Ménalque, empressé, sans cesser pour cela d'être solennel, reprit sur l'autel la coupe qu'il y avait déposée après qu'Hylas et Myrrha y eurent mis leurs lèvres. D'une outre qui ne le quittait jamais — car le prudent berger savait que le vin réchauffe le cœur de l'homme aux heures d'épreuve — il fit jaillir, dans le vase, un rouge filet qui s'y épanouit, reflétant dans sa pourpre mourante, l'or des bords de la coupe. Puis d'un geste religieux, il tendit celle-ci à la compagne d'Orphée qui la fit passer sous son voile pour y tremper ses lèvres la première. Mais un souffle de vent, présage d'un orage proche, traversa l'air ; la légère étoffe que le mouvement du bras avait déjà distendue se souleva brusquement et, malgré l'effort que fit la fiancée pour le maintenir sur son visage, Orphée aperçut, dans un éblouissement de surprise et de colère, le visage pâle et suppliant de Testylis !

— Misérable ! hurla-t-il en la repoussant, blême de fureur, et d'un coup violent il jeta la statue de l'Amour à terre, cependant que de l'autre bras il en secouait l'autel, comme pour le déraciner du gazon, tel un tronc d'arbre maudit.

— Malheureux toi-même ! fit Ménalque. Amis fuyez tous le sacrilège.

Et les bergers et les nymphes, muets de terreur, s'écartaient, en ramenant leurs mains sur leurs yeux pour témoigner de leur propre indignation.

Testylis, elle, avait déjà disparu. Décidée à une ruse dernière pour reprendre Orphée, elle avait ajourné son projet terrible de vengeance. Mais maintenant la mesure du mépris était comble. Dans la flamme de son dernier regard, une larme suprême avait noyé la pitié, larme de honte, larme de sang.

Assis sur un coin de rocher où il s'était laissé tomber, Orphée était devenu comme insensible et son regard errait dans le vide. Il était comme anéanti, pétrifié, pareil au morceau de granit dont son poids meurtrissait la mousse. Tout à coup deux mains très douces s'abattirent sur ses épaules, en même temps que deux voix jeunes et connues murmuraient son nom. C'était Hylas et Myrrha qui n'avaient pas eu le courage de l'abandonner et qui revenaient auprès de lui.

— Nous t'avions offert l'hospitalité, ce matin, dirent-ils à Orphée, et nous te l'offrons encore. Après ton crime, hélas ! tu ne peux plus être en sûreté que sous le toit de ceux qui t'aiment. Viens !

— A quoi bon, chers enfants, dit Orphée. Puissent ceux qui me maudissent abréger ma peine !

— Tu ne songes pas qu'ils feraient la nôtre ! soupira très tendrement Myrrha.

Et cette voix si douce, si tendrement caressante, dompta celui qui, lui-même, domptait les monstres avec des sons harmonieux. Comme un enfant, qui obéit à une parole lointaine, Orphée se leva et suivit les deux jeunes époux vers une cabane toute fleurie et toute enguirlandée où, dans une chambre voisine de la leur, ils lui firent un lit très doux, et dont ils fermèrent l'entrée avec de nouveaux feuillages, afin que personne ne découvrit l'hôte dont la vie était désormais dans leurs mains.

Après une nuit dont les sanglots troublèrent seuls, la quiétude, il y demeura quelques jours avec eux, Hylas ayant confié à Ménalque, pendant ce temps, le soin de son troupeau. Orphée qui ne jouait pas seulement de la lyre, le remerciait en lui révélant les secrets musicaux de la syrinx dont il savait tirer, comme des cordes d'or, des sons divins. Parfois, cependant, par les belles nuits pleines d'étoiles il reprenait celles-ci et jouait de la lyre pour les charmer. C'était alors, dans toute la forêt voisine, comme un enchantement. Le rossignol se taisait pour l'écouter et les feuillages arrêtaient leur chuchotement dans le vent pour que rien ne fut perdu de sa divine harmonie.

D'autres oreilles l'entendirent aussi, sans doute. Hylas avait regagné ses moutons et la montagne depuis deux jours, et Myrrha venait de sortir à peine, pour puiser de l'eau à la source voisine, quand Testylis, les cheveux noirs au vent, comme une pluie d'orage, Testylis, avec des éclairs dans ses yeux sombres, tel un aigle qui fond sur sa proie, s'abattit au seuil de la cabane avec un cri de triomphe. Des Ménades à demi-nues, et des thyrses à la main, la suivaient, comme elle échevelées, hurlant comme des jeunes loups et bondissant comme des chevreaux. Avec les pampres qui leur servaient de ceinture elles eurent bientôt fait à Orphée d'inextricables liens, guidées par Testylis, elle-même, ivre et hurlante

En vain Myrrha soudain revenue, se jeta à leurs pieds. Avec de féroces ricanements les Ménades la repoussèrent et entraînèrent leur proie, dont le front et les genoux battaient le sol épineux, à travers les halliers profonds venant s'épanouir en un cirque de verdure où les Dionysiaques menaient leur train furieux, au son des cymbales de cuivre et des thyrses heurtant la peau sonore des tambours.

C'était près de la place où se dressait, quelques jours encore aupa-

ravant, la statue de l'Amour que le Poète avait renversée à terre. Testylis fit traîner le patient devant l'autel sans Dieu et dénonça son crime. Ce fut un rugissement de colère dans toutes les poitrines avinées, rugissement auquel se mêlait celui des tigres attachés à des chars consacrant la mémoire du symbolique cortège du divin Bacchus.

Le dieu Pan, lui-même, invisible, mais toujours présent, clama son indignation dans un souffle de tempête qui fit mugir les plus grosses branches des arbres comme des ondes déchaînées. Le doux Silène, aussi, à cheval sur son âne patient, perdit toute expression débonnaire et jura comme un porcher béotien, pendant que sa pacifique monture lançait, à son tour, une ruade scandalisée dans l'épaisseur savoureuse des grands chardons aux reflets d'acier bleu.

Et soudain, abandonné au seul épuisement de ses forces, au seul épuisement de son sang qui avait rougi son chemin, toujours empêtré d'ailleurs dans les lianes de pampre qui lui avaient partout déchiré la peau, Orphée gisant à terre, vit se former autour de lui, comme une prison vivante, la ronde la plus effroyable qui se put rêver. Au vacarme des instruments de musique que les faunes et les sylvains heurtaient, sans mesure, les uns contre les autres, en un charivari monstrueux, les Bacchantes ayant noué leurs mains, tournaient furieusement, mêlant dans le même vent les ombres bleues et les fauves rayons de leurs chevelures dénouées, se précipitant en une danse infernale dont elles fouettaient encore le vol giratoire — telle une immense toupie — par des cris sauvages et des mots obscènes, les jambes perdant le sol et gardées seulement de la chute par la solidité du cordon que formaient les bras, les chairs heurtées en d'indéfinissables remous, les seins claquants sur les poitrines haletantes, les ventres déformés par l'impétuosité du mouvement. Et ce fut comme un éblouissement qui lui passa d'abord dans les yeux.

Puis, sur un vrai coup de tonnerre des cymbales, cette furie sembla tomber tout à coup. Les mains se séparèrent et s'armèrent de serpes et de faucilles où le suc des vendanges avait couché déjà ses rouilles de pourpre, et Orphée vit le cercle se rétrécir autour de lui avec toutes ces mains levées et menaçantes, mais qui attendaient encore avant de le frapper, comme pour raffiner son supplice.

Et l'extase d'un martyre tout sensuel, abominablement cruel et doux lui passa sous le front : et voilà que lui-même, se dressant sur ses mains déchirées, tendit son cou complaisant à toutes ces pointes recourbées et affinées. Le sentiment et l'amour de la Beauté venaient relever, chez le Poète, les défaillances de l'homme. Car elles étaient belles, effroyablement belles toutes ces furies qui allaient trouver de telles délices dans sa mort, se griser de son sang plus savoureux encore que celui des vignes, en une si délirante saoulerie de leurs bouches, de leur chair ; belles avec leurs tragiques chevelures, avec leurs lèvres rouges assoiffées, avec leurs formes superbes et voraces tendues vers un farouche assouvissement, avec leurs ongles où des rubis ruisselaient sur la nacre, avec le trésor affamé de leurs dents ; et de leurs chairs ainsi furieusement secouées, s'exhalait un parfum mortel de volupté farouche, un souffle de luxure qui séchait la moelle !

Et, fou de cette folie, — la suprême sagesse, — que l'Amour ne soit que la formule la plus douce de l'anéantissement dans une forme plus belle, Orphée tendit sa gorge plus avant encore, que le couteau de Testylis s'y plongeât bien tout entier, ne regrettant plus rien des ombres de la vie dans cette éblouissante clarté du sacrifice, source de toute volupté, et bénissant ses admirables bourreaux !

C'est ainsi que le lendemain, sa tête seule flottait sur la lyre, toujours chantante, que le Cydnus emportait, sur ses ondes bleues vers l'Immortalité ! De son corps, il n'avait pas voulu qu'un seul lambeau échappât aux dents et aux ongles des Ménades.

Il sembla à Ambroise Renaud qu'un souffle très doux caressait ses paupières en les entr'ouvrant seulement. En même temps, une voix caressante lui disait :

— Eh bien, Poète, es-tu satisfait de ton premier voyage ?

— Allons vers une autre rive, Pasiphaë !

Et ses yeux se refermèrent. A la vérité je n'ai su ses impressions, sur son rôle d'Orphée, que par ce sonnet retrouvé plus tard dans ses papiers et qui est certainement relatif à cette fantastique aventure. Je le cite par curiosité :

C'est ta mort que j'envie, ô doux fils de Linus
Quand les vierges de Thrace aux crinières d'archange,
Sous leurs pieds bondissants, comme aux fêtes du Gange,
— Effroyable vendange, — écrasaient tes flancs nus.

Lorsque, foulant ton cœur, leurs beaux pieds éperdus
Buvaient, sur ta poitrine, une rosée étrange,
Et, qu'aux chansons du cuivre, — effroyable vendange ! —
Ta noble chair volait sous les thyrses ardus.

Le regret te vint-il des chastes promenades
Où ta lyre éveillait l'écho silencieux?
A quoi bon, de nos chants, heurter les cieux maussades?

Mieux vaut jeter son âme aux désirs furieux,
Tendre sa gorge nue aux ongles des Ménades,
Et faire de son corps la pâture des Dieux!

Et cet avis est le mien.

III

SARDANAPALE

Des chants guerriers lointains emplissent le mystère des limbes où le rêveur a plongé, de nouveau, toujours dans les bras à la caresse indifférente, mais d'une savante douceur, de la charmeresse. De longues trompettes de cuivre semblent sonner l'adieu du jour au ciel que teinte, à l'horizon, une vapeur de sang, et des gémissements confus montent d'une mer dont les vagues se figent dans une croissante immobilité. Une impression, mêlée de triomphe et d'horreur, se dégage de cette fanfare et de ce grand lac dont les flots semblent devenir stagnants à mesure que l'ombre y tend son réseau d'immobilité.

— Où me conduis-tu, Pasiphaë?

— Dans les champs d'Assur, huit siècles avant que Christ ait versé, pour le salut du monde, son inutile et glorieux sang.

— Cette ville lointaine dont les brouillards du soir enveloppent les tours polygonales et les jardins majestueux?

— Ninive, la fille de pierre du génie de Sémiramis.

— Et ce fleuve dont les rives incertaines semblent mal contenir le cours teinté d'ardoise veiné de rouge par le couchant?

— Le Tigre dont le prophète Jonas but les eaux infidèles avant de clamer, à un peuple dissolu, les colères de Dieu.

— Mais ce sol mouvant dont les rives m'apparaissaient comme les vagues d'un océan, j'y distingue maintenant des formes humaines!

— Tu es sur le champ de bataille où le vaillant Sardanapale, décrié par d'imbéciles philosophes, vient de vaincre, pour la troisième fois, le satrape Mède Arbacès et le traître Bélésis, le Chaldéen, grand prêtre du temple rival de Babylone. Mais écoute et regarde :

La fanfare éclatait maintenant, formidablement sonore et, sur un monticule qu'avaient encore grandi des débris de chair et des carcasses sanglantes de chevaux, le grand Sardanapale, poudreux lui-même des combats où il avait combattu au premier rang, sous ses admirables vêtements que le fer des piques et le vol des flèches avaient troués, mais qui déjà avait refleuri de roses ses longs cheveux noirs bouclés et sa barbe tressée en brins larges et serpentants, merveilleusement pâle dans sa virile beauté de soldat, assistait au défilé de ses troupes victorieuses qui clamaient des vivats et tendaient vers lui des tronçons d'épées. Avec sa tiare d'or et sa longue robe couleur d'hyacinthe constellée de taches plus sombres, il évoquait, avec un charme puissant, l'image des antiques dominations. Un de ses bras soutenait son glaive recourbé qu'il n'avait pas encore remis au fourreau et l'autre, replié, s'appuyait sur le cou d'une jeune fille d'une admirable beauté qui semblait, elle-même, toute frémissante encore de l'ardeur meurtrière de la mêlée.

C'était Myrrha, la belle esclave Ionienne, celle de ses femmes qu'il préférait et dont la tendresse pour lui était si touchante et si dévouée, que Zarina, elle-même, la femme de Sardanapale, pardonnait à cette favorite de lui être préférée ; Myrrha, qui, plus savante qu'aucune de ses compagnes, aux voluptés dont le roi connaissait si bien le prix, savait oublier ce mérite de sa beauté pour lui être, à l'occasion, la plus affectueuse des sœurs et la plus sûre des amies ; Myrrha qui, plus touchée de sa gloire, à lui, que de son propre amour, avait su lui rendre, à l'heure difficile, l'âme héroïque des aïeux et l'arracher au lit fleuri d'anémones où le retenaient tant de caresses, à la table toujours servie dont les vins frais le grisaient si délicieusement, pour le jeter au devant des rebelles dont il venait de châtier, une fois encore, l'audace ambitieuse et les efforts jaloux.

De taille moyenne, avec des cheveux d'un or fauve qu'éclairaient, comme les fleuves ensoleillés, des étincellements ; avec des yeux dont la couleur était celle même des belles violettes de son pays — car c'est à l'Ionie que nous devons cette fleur délicieuse — elle avait, sur son visage toutes les grâces impeccables de la race, le nez droit que continue la ligne du front un peu bas mais élargi aux tempes, des lèvres dessinées en arc, un menton que ponctuait une fossette pareille à un nid de grimpereau ; mais les grâces de sa face étaient surpassées encore par le charme majestueux d'un corps jeune, et gracilement robuste, non pas d'éphèbe aux hanches étroites, mais de jeune femme dans le premier épanouissement de sa tentante beauté.

Elle avait voulu combattre auprès du Maître, debout sur son char aux roues surmontées de faux, à ses côtés, et, d'une de ses flèches, elle avait atteint à l'épaule le perfide Arbacès qui, sur son lourd cheval au large poitrail teinté de fauve, avait menacé de sa lance la poitrine auguste de Roi.

Et le long serpent de troupes, d'où montaient les acclamations, ayant épuisé le déroulement de ses anneaux, la voix lasse du cuivre ne sonnant plus que par brusques envolées, tout le paysage de Ninive et du Tigre n'était plus que l'orée confuse d'un de ces tableaux fantastiques que soudain la lune éclaire en montant dans le ciel, sous le clignotement des premières étoiles qui trouaient le voile céleste comme des pointes de flèches invisibles. Sardanapale, ayant fait signe qu'on le laissât seul, ne gardant auprès de lui que sa fidèle com-

pagne, demeura pensif devant l'horreur de ce champ de bataille d'où, maintenant que les chants triomphaux s'étaient tus, la plainte des agonisants s'exhalait, où les dernières convulsions des blessés à mort agitaient le sol comme les mouvements d'un drap à travers lequel le vent passe, où les ruisseaux de sang mettaient des scintillement vagues dans l'herbe couchée par les pas des hommes et des chevaux. Et Myrrha, qui le contemplait lui-même avec des yeux pleins d'angoisse et de tendresse, vit des pleurs sillonner les joues de son voluptueux amant.

— Maître, qu'as-tu ? fit-elle.

Et Sardanaple, d'une voix dont l'émotion lui était, à elle-même, inconnue, lui répondit :

— O Myrrha, je pleure sur ceux que la mort a couchés dans cette sombre journée, sur ces ennemis que mes armes ont frappés et qui étaient des hommes ! Je pleure sur la folie humaine qui impose aux Rois de telles hécatombes, sur le néant de la gloire qui exige de tels sacrifices, sur tous les plaisirs que ce précoce trépas ravit à ceux qui, comme nous, étaient faits pour la joie des festins, la gaîté des chansons et les ivresses de l'Amour.

Qu'il nous vienne d'un Dieu jaloux ou de l'instinctive cruauté des races, je maudis le rêve sanglant qui vole, à la volupté, ses impatientes victimes, qui clot, avant l'heure, le cycle auguste des chants et des baisers qui sont la seule raison de la vie !

O Myrrha, si tu savais quelle douloureuse pitié étreint ma poitrine pour tous ces amants qui ne retrouveront plus les caresses de l'amie, dont le verre est renversé, dont les lèvres muettes ne blémiront plus de plaisir sur d'autres lèvres ! Quel monstre a pu mettre le devoir et l'honneur de la vie en de telles cruautés, et en faire complices ceux-là même qui, comme moi, mettent si haut les délices immortelles de vivre et d'aimer !

Pardonnez moi, pâles ombres que j'ai étendues à terre comme des rameaux tout en fleurs cueillis à l'arbre de l'Amour. Et si votre vengeance me doit poursuivre, qu'elle n'aille pas toutefois jusqu'à me donner pour lit mortuaire quelque sol aride où nulle caresse de femme ne viendra boire mon dernier souffle et fermer mes yeux d'un suprême baiser ! N'exigez pas des Dieux qu'ils me privent de cette suprême joie aux portes redoutables de l'Eternité !

Et Sardanapale se tut et Myrrha prit, dans ses mains, les mains du héros qui tremblaient.

Alors, lui se retourna vers elle et, d'une voie moins amère :

— N'est-ce pas, Myrrha, que rien ne vaut une coupe de Chio si ce n'est un baiser de ta bouche qui vaut plus encore ? N'est-ce pas que rien ne dépasse les douceurs d'une sage ivresse sinon les folles étreintes de ton corps, aux heures divines de l'abandon ? N'est-ce pas que tout est mensonge, tout est folie auprès de l'immortelle joie d'aimer !

Et son bras enlaçait maintenant le cou de la belle Ionienne dont la tête penchait sur son sein.

La lune maintenant s'était levée. La grande cité assyrienne dessinait nettement, dans une atmosphère d'un bleu argenté, son majestueux panorama, ses tours quadrangulaires aux crêtes lumineuses, ses toits en terrasses où des profils d'arbres apparaissaient en ombres, ses hautes portes prêtes à s'ouvrir au retour du prince victorieux.

Dans cette clarté d'apothéose, Myrrha apparut, sans doute, plus belle encore à son royal amant. Car, d'une étreinte ardente, il l'enveloppa et leurs deux ombres, en s'abaissant, se confondirent avec la masse obscure que faisaient, un instant auparavant, sous leurs pieds, les débris de chair, et les ruines dont quelques-unes avaient été vivantes.

Les premières clartés de l'aube montaient de l'Orient comme d'une floraison d'hyacinthes pâles, quand, enveloppé de sa robe déchirée, et en garantissant toutefois Myrrha, serrée contre lui, des premiers froids de la rosée, Sardanapale rentra dans son palais, ayant traversé sans escorte la campagne où rôdaient cependant encore de rares soldats d'Arbacès et des espions de Bélésis. Mais l'approche de ces ombres rampantes était comme un aiguillon aux caresses que le roi prodiguait encore, en chemin, à sa maîtresse et il semblait que l'émotion rapide du danger les serrât délicieusement, plus près encore, l'un contre l'autre.

Une inquiétude immense régnait dans la ville de ce qu'avait pu devenir le vainqueur. Le triomphe des soldats y avait été bruyant et tumultueux comme il convient. Mais vers aucun chef ne se tendaient les palmes qui récompensent le succès des armes libératrices. Tous les généraux proclamaient, eux-mêmes, que Sardanapale avait seul vaincu, par l'habileté de ses plans militaires et par son courage surhumain. Tous répétaient l'intrépidité dont il avait fait preuve en face de l'ennemi, les traits admirables dont il avait augmenté l'éclat de la victoire, et aussi comment Myrrha, sans le quitter un instant, le couvrant de son joli corps comme d'un bouclier, avait conquis, en cette mémorable journée, la moitié de sa gloire. Et durant cette belle nuit tiède où le sommeil n'avait visité aucun toit, où la lune avait versé une délicieuse lumière, c'avait été un bourdonnement innombrable de la foule, comme celui d'un essaim qui revient du travail et emplit la ruche du frémissement de ses ailes, l'imagination populaire grossissant encore les faits si remarquables déjà, et l'enthousiasme s'échauffant pour le prince si digne d'être aimé qui, doux comme un philosophe, intrépide comme un héros, n'aimant que les douceurs innocentes de la vie, savait si bien remplir les délices de la Paix et satisfaire aux exigences de la Gloire.

Cependant son char était rentré vide, et les hommes qui tenaient les rênes de ses chevaux aux croupes ensanglantées, avaient su seulement que Sardanapale, à qui nul n'osait désobéir, avait ordonné qu'on le laissât seul sur le champ de bataille. Un d'eux qui s'était retourné, avant de le perdre tout à fait de vue, affirmait l'avoir vu se pencher sur un blessé et lui donner à boire en l'embrassant. Et tous exaltaient la générosité de son âme, et l'angoisse n'en était que plus grande qu'il ne fut encore de retour.

Ce fut donc comme un chant de joie qui salua, en même temps, l'aurore, quand, rentré au palais par des ruelles qu'il connaissait presque seul, du temps où il était déjà un adolescent exquisement débauché, et que le rassemblement de la foule sur les grandes places, et dans les rues spacieuses faisait désertes, il apparut à une des terrasses, redevenu soudain somptueux comme il convient à un grand roi, et plus encore à un homme ayant le juste souci de sa beauté, couronné d'une tiare dont les pierreries magnifiques étincelaient au soleil levant, enveloppé d'un admirable manteau de pourpre aux larges fleurs d'or brodé, chaussé de brodequins magnifiques, et des fleurs dans ses cheveux que le peigne avait assouplis, que les onguents parfumés avaient rendus luisants comme l'ébène après la pluie. Et vraiment il était admirable ainsi.

Et ce fut un tressaillement d'allégresse, des vivats innombrables montant vers le jardin suspendu qu'il emplissait de sa majesté, quand il se fit apporter une coupe d'or qu'un esclave remplit de vin vermeil et qu'il vida d'un trait, après avoir salué, à son tour, le soleil et la ville, ainsi bien exprimant que la gloire elle-même ne saurait distraire le sage des plaisirs qui sont la première loi de la vie.

— Myrrha ! Myrrha ! crièrent d'innombrables voix.

Et, accompagnée de deux eunuques qui brûlaient, à ses côtés, des parfums, dans des cassolettes d'or, Myrrha apparut, non plus en jeune guerrière, comme nous l'avons vue sur le champ de bataille, mais presque nue sous sa robe blanche d'étoffe très légère où couraient de pâles fleurs d'iris, les cheveux d'or dénoués sur ses épaules, des anneaux d'or aux bras et des bagues aux pieds, délicieusement belle et que, devant tous, aux applaudissements de la foule, dans l'apothéose du jour grandi qui irradiait l'horizon de flammes, Sardanapale prit doucement dans ses bras, mettant ses lèvres sur sa bouche et proclamant encore ainsi que le plaisir de vaincre n'est rien auprès du bonheur d'aimer.

Cependant aux étages inférieurs du palais c'était un tumulte considérable. Toutes impatientes, toutes les larmes aux yeux, les autres maîtresses du Roi demandaient à le revoir. Après une nuit passée tout entière dans l'angoisse et dans les pleurs, elles avaient, aussitôt son retour annoncé, rafraichi et refleuri leurs charmes, oignant de parfums leurs belles chevelures, revêtant leurs plus rares habits, se remémorant, chacune en soi, les caprices voluptueux du Maître.

Au milieu d'elles, mélancolique et radieuse tout ensemble — car elle aimait sincèrement cet époux si séduisant et si aimablement infidèle, — la Reine Zarina, sur le seul front de qui rayonnait un peu de la gloire conquise dans cette journée, promenait son magnifique costume aux couleurs plus sombres mais dont les gemmes faisaient comme l'étincellement d'une belle nuit étoilée.

Sans dédain pour ses rivales, ayant, comme son époux, un cœur tout fleuri d'humanité et de mansuétude, dominant les favorites du Roi de toute la majesté naturelle de sa personne, sans le leur faire sentir, elle était une image admirable de l'affection haute et recueillie de l'âme que n'atteignent pas les injures inconscientes de la chair.

Sardanapale la fit mander. Elle monta, à son tour, sur la terrasse, saluée du respect universel, et, Myrrha s'étant effacée avec une humilité pleine de tact, le Roi alla vers sa femme, la baisa au front et voulut la faire asseoir auprès de lui. Mais, elle, d'un mouvement plein de noblesse, et ayant appris, comme le peuple, que dans la mêlée, Myrrha avait souvent couvert, de sa propre poitrine, la poitrine menacée du Roi, s'avança vers la belle esclave Ionienne, la releva quand celle-ci voulut se mettre à genoux devant elle, et l'embrassa à son tour. Puis alléguant les fatigues et les inquiétudes de la nuit, elle demanda au Roi la permission d'aller l'attendre dans ses appartements.

Tout en lui exprimant ses regrets de ne pas la suivre immédiatement, Sardanapale n'en parut que rapidement attristé. Car, d'un geste que tous connaissaient dans le palais, il commanda que les réjouissances commençassent aussitôt. Un long velum violet aux franges d'or, violet avec des reflets d'améthyste pâle, que faisait onduler un souffle léger, fut tendu sur la terrasse. En même temps des tables furent apportées et de précieuses vaisselles, et des plats chargés de victuailles savoureuses, et des amphores d'or que remplissait un vin fumant dans l'air matinal; et, toutes ses femmes étant enfin accourues, sur un ordre qu'il avait donné tout bas, ce fut comme une guirlande de chairs jeunes et parfumées, mêlée à des guirlandes de fleurs ondoyant sur les coupes et sur les seins nus, qui enveloppa le vainqueur d'Arbacès, tous les bras se tendant vers lui en d'idéales et imaginaires caresses, toutes les lèvres s'abattant sur ses belles mains aux lourdes bagues, comme un vol de papillons roses, tous ces membres charmants à peine voilés de gaze transparente frémissant à l'approche du Maître, toutes ces bouches murmurant l'hymne sacré du désir.

Sur un lit superbe que drapait un magnifique morceau de pourpre, avec, sous les pieds, la peau d'un lion à la crinière épaisse, Sardanapale s'étendit et, Myrrha ayant pris place à son côté, donna le signal des joies. Il but et mangea en soldat dont la victoire a creusé le ventre, chanta des hymnes à tous les vins dont l'amphore infatigable emplissait sa coupe, attira vers lui, tour à tour, toutes celles qui se tendaient vers ses caresses comme des flèches, épuisa le menu sans fin, égrèna le collier infini des caresses, toujours somptueux, le rire toujours aux lèvres, effeuillant les heures chaudes du jour comme les roses dont il faisait choir les pétales parfumés dans son vin.

Et pendant qu'il conduisait ainsi sa propre vie suivant ses instincts sages et naturels, tout le peuple, alentour du palais, savourait cette admirable leçon de choses, sous forme de victuailles et de libations, dont il avait fait emplir la ville. Ce fut une solennelle ripaille que ce lendemain d'une victoire du grand roi d'Assur. Myrrha, qui se savait vraiment aimée, n'eut aucune jalousie des fantaisies royales; un instant, seulement, ses beaux yeux se voilèrent d'un nuage de mélancolie. Et, près de Ninive en fête, sous ce soleil éblouissant qui semblait, lui-même, faire ruisseler, sur la joie de la terre, l'allégresse même du ciel, elle revit, en une rapide apparition, le champ de bataille contemplé, il y a quelques heures au clair troublant de la lune, avec ses agonisants qui râlaient, ses rouges flaques de sang, ses gestes convulsifs des mourants, et pensa, avec une étreinte au cœur, elle fille de Grèce aux impressions volontiers attendries, que tous ces derniers soubresauts de la vie étaient maintenant éteints sans doute et que, sur les prunelles immobiles et grandes ouvertes de tous ces morts, les grandes mouches aux corsets d'émeraude luisants venaient se poser, en attendant que sur toutes ces carcasses saignantes vint s'abattre le vol sacrilège des vautours.

Et elle pensait que Sardanapale avait eu raison quand, de nobles larmes coulant de ses yeux, il avait proclamé le néant effroyable de la gloire devant les délices merveilleuses de la vie universelle et les ivresses de l'Amour.

La journée du lendemain fut consacrée, tout entière, à remercier les Dieux de la déroute d'Arbacès. Dès que l'aurore eut doré les portes de Ninive, la foule se rendit au temple de la Déesse Istar, dont la magnifique architecture se découpait, comme une incrustation de gemmes, sur la coupe de topaze du ciel. Les jeunes filles s'y rendirent, en éclatant cortège, à peine vêtues et portant une large ceinture d'or pour retenir, en les collant de plus près au corps, les transparences d'un lilas pâle de leurs voiles ; et ceux-ci flottaient harmonieusement au souffle du zéphyr, découvrant la noble ligne des jambes, en leur marche grave et de grandes fleurs aux mains, cependant que, devant elles, des danseuses, aux poignets et aux chevilles chargés de lourds et sonores bijoux, en rythmaient leur voluptueuse chorégraphie.

Malgré ce que la cérémonie avait d'auguste, de beaux jeunes gens leur prenaient, au passage, des baisers sur le cou et sur les bras et ainsi semblaient-elles une forêt qui marche, où s'abat, au passage, un vol d'abeilles. Quand elles atteignirent aux marches de porphyre du temple, un épais nuage d'encens passa sous les portiques, comme fait une buée matinale entre les troncs des grands arbres, et des chants éclatèrent, à la fois solennels et amoureux, les lourdes portes béantes maintenant sur le chant des prêtres dont les riches vêtements mettaient, au fond, comme un brasier étincelant.

En même temps, le temple tout entier s'emplit comme d'un vol de papillons, des pétales de roses y flottant dans tous les sens, et, comme au printemps, quand les pommiers fleuris s'effeuillent et font pleuvoir dans l'air, une averse d'un rose pâle, près du tabernacle où des enfants aux longs cheveux d'or entouraient l'image d'Istar, la Déesse au visage de colombe.

Laissant ce cérémonial populaire où les femmes abondaient surtout — car les mystères de la Déesse étaient ceux mêmes de l'Amour — Sardanapale, dans une magnifique robe aux tons d'hyacinthe, coiffé d'une tiare sur laquelle une améthyste énorme mettait comme un rayonnement sidéral, une ceinture d'or au flanc qui soutenait un sabre recourbé magnifique dont la poignée était aussi un véritable écrin, s'avançait, entouré de ses officiers, suivi de ses épouses, ayant à son côté Myrrha dont un mignon casque, retenu sous le menton par deux serpents d'or, enfermait l'admirable chevelure, cheminant vers le temple du Dieu guerrier Merodach à qui le roi Samsi VIII avait élevé cet édifice, cinq siècles auparavant.

Aux huit portes égales qui y donnaient accès, ayant chacune, pour sentinelles, deux énormes taureaux ailés à têtes humaines, taillées dans un marbre moucheté, et sur qui veillait un lion, caché dans une excavation de pierre lui-même, des hérauts aux longues trompes de cuivre, semblant des fleurs farouches et sonores où mugissait un vent d'automne, clamaient, à tous les points du ciel, la victoire et le roi triomphant.

Sur le parvis, sous un formidable entablement décoré de figures symboliques, mais toutes relatives à la guerre, autour d'autels d'où les tisons faisaient monter déjà une haleine bleue, se tenaient les bêtes destinées à être offertes en holocaustes reconnaissants, grands bœufs aux regards effarés et doux sous la coiffure frisée de leurs fronts cornus, moutons blancs comme la neige que de beaux éphèbes retenaient près d'eux avec des rubans d'or, et les sacrificateurs, aux bras puissants et nus, aiguisaient les couteaux expiatoires.

Dans une immense acclamation, dans une tempête tourbillonnante de fleurs, le roi d'Assur, majestueux et souriant, venait de gravir les marches conduisant à la porte de face, mais, s'arrêtant devant ces préparatifs dont les mugissements des victimes accompagnaient le bruit.

— Prêtres, fit-il, et vous, sacrificateurs inutiles, ramenez à la douceur des prairies natales ces animaux dont aucun Dieu ne demande le sang. Il n'est vraie fête que celle qui célèbre la Vie. Il n'est hommage aux Dieux que ce qui célèbre l'Amour. Honorons-les avec des fleurs, des hymnes joyeux et des baisers ! Que demain soit toujours l'oubli du sang versé hier! Qu'aujourd'hui prépare toujours une moisson de plaisir à demain! Remercions les immortels, non pas de ce qu'ils nous ont permis de vaincre, mais de ce qu'ils nous permettent encore de vivre, c'est-à-dire d'aimer. Holà! L'homme au couteau, jette-le et prends cette coupe d'or et, dans cette coupe, verse, non pas la sève douloureuse des veines déchirées, mais le sang divin du raisin qui porte, en soi, l'allégresse et le soleil!

Et tandis que le peuple acclamait encore, mais qu'une rumeur sourde, timide cependant, grondait sur le parvis et dans l'intérieur du temple. Sardanapale fit emplir la coupe, la porta d'abord aux lèvres de Myrrha, et cherchant, pour y poser sa propre bouche, la place où elles s'étaient posées, la vida d'un trait et la jetant parmi la foule :

— Qu'un malheureux la ramasse et en fonde l'or pour avoir du froment demain! Mais le bourdonnement continuait derrière la colonnade, comme celui d'un essaim de mouches méchantes.

— Et que deviendront nos bénéfices si on ne sacrifie plus de bêtes?

— Des guirlandes de fleurs remplaceront mal la chair savoureuse des bœufs consacrés.

— Il n'y a décidément plus de piété dans le cœur des Rois!

Mais Sardanapale dont cette première libation, à l'aurore, avait réchauffé le cœur, continuait de marcher dans son rêve, sans rien entendre de ces ecclésiastiques propos.

Il venait d'entrer dans le temple pour déposer, suivant le rite, un magnifique anneau aux pieds du dieu Mérodach, présent consolateur dont les prêtres de celui-ci savaient le prix, quand un grand bruit d'étonnement, d'indignation et de surprise, remplit le majestueux édifice. Juste devant Sardanapale qui entrait dans la majesté de son triomphe, une sorte de fantôme se dressait et, sous le manteau d'ombre dont il était enveloppé, n'en dégageant que sa tête osseuse aux yeux ardents et ses deux bras maigres et nerveux, tous reconnaissaient Bélésis, le complice des intrigues d'Arbacès, Bélésis, le Chaldéen, le grand prêtre du temple de Babylone, qui, jaloux des splendeurs religieuses de Ninive, avait juré la ruine de la magnifique cité.

— A mort! A mort! A mort!

Ces cris mille fois répétés roulèrent sous les hauts portiques; mais le Chaldéen ne parut en éprouver aucun effroi. Il promena un regard de dédain sur cette foule et arrêta net le feu de ses yeux sombres sur les yeux du roi d'Assur.

— Que nul ne touche à la tête de cet homme! avait déjà dit Sardanaple, avant qu'aucune main ait eu le temps de se lever sur Bélésis.

— C'est vrai, le Temple est lieu d'asile, murmurèrent des voix déconcertées.

— Il n'est pas nécessaire, reprit solonnellement le roi, pour qu'il soit sacré, qu'il soit l'hôte des Dieux. Il suffit qu'il soit le mien. Que me veux-tu, Bélésis?

— Je veux te dire, ô Sardanaple, que les Dieux sont las de ton existence d'orgie et que les eaux du Tigre roulent déjà leur colère jusqu'aux portes de ton palais.

— Ecoute, grand prêtre de Babylone. Je ne crois pas aux devins, et, s'il te plait de sortir jusqu'au seuil seulement de ce temple, tu y verras, avec moi, le Tigre calme promener son cours majestueux entre ses rives, sans qu'une goutte ait débordé le sillon ensoleillé de son lit.

— Je te répète, Sardanaple, que les Dieux ne souffriront plus longtemps la longue insulte qu'est ta vie à leurs lois les plus saintes. Ne viens-tu pas, me dit-on, de leur refuser des sacrifices ?

— Pardon! Mais j'ai été déjà menacé de la colère du ciel pour leur en avoir offert. C'est, il y a quinze ans, quand un prophète juif, nommé Jonas, me vint prédire également l'écroulement de ma puissance et de Ninive, comme châtiment de cette idolâtrie dont tu me reproches d'abandonner les pratiques aujourd'hui. Le dieu d'Israël est puissant, tu le sais, mais nous avons grisé son prophète qui s'en revint, en maugréant qu'on lui eut donné une commission inutile. Je t'engage à faire comme lui et à aller dire à Arbacès que tes paroles m'ont fait sourire, rien de plus!

— Tu ne crois donc pas, Sardanaple, au pouvoir sacré des Dieux immortels ?

— Je crois au Plaisir qui seul fait trouver l'immortalité désirable et à l'Amour qui, seul, prolonge la vie des races par delà les risibles barrières de la mort.

— Insensé qui oublies que ce sont les voluptés de l'Amour qui font plus courte la vie !

— Malheureux qui ignores que l'Eternité tout entière tient dans une minute d'amour.

— Ne sais-tu pas que dans chaque baiser que tu donnes s'en va un peu de ton âme ?

— Qui t'apprendra que cette part de moi-même m'emporte dans une âme plus douce où je voudrais m'anéantir. Allons, va-t-en, Bélésis. Par trois fois, j'ai vaincu ton sinistre allié. Qu'il renonce à me chasser de Ninive !

— Nous sommes trois maintenant, Sardanapale, pour te vaincre. Je te le répète une fois encore ; mais c'est la colère même des Dieux que roule maintenant le Tigre au pied de ton palais !

Et Bélésis lentement se retira, à travers une foule silencieuse que l'élan généreux de son roi n'avait plus besoin de retenir ; car l'aspect sombre et mystérieux du Chaldéen, le feu étrange qui brûlait dans ses regards noirs, le ton basané des chairs de son visage qu'une barbe, maigre comme une herbe roussie par le soleil, encadrait par place seulement, de son poil rude et gris, le sourire méchant de sa bouche, le son caverneux et redoutable de sa voix, l'étrangeté des paroles qu'il avait, par deux fois répétées, tout cela avait mis comme une terreur vague dans cette foule, Elle écoutait, comme si la prophétie commençant de s'accomplir, le mugissement du Tigre débordant se faisait déjà entendre dans le lointain. Mais rien au dehors, rien au dedans, que le bruit sec et rythmique des cassolettes que refermaient les prêtres après y avoir jeté des parfums.

Un nuage, non pas de peur, mais d'inquiétude, avait passé sur le front charmant de Myrrha. Très doucement, écartant le rideau d'or fauve de ses lourds cheveux, elle avait levé un regard limpide vers son maître; mais l'expression si calme, si nettement indifférente, si vraiment rassurée du visage de Sardanapale l'avait immédiatement rassérénée. En véritable amante, elle ne croyait qu'en lui.

Seuls tous deux, d'ailleurs, avaient immédiatement secoué cette ombre survenue en plein ensoleillement d'une telle journée triomphale.

Car, derrière le roi, la reine Zarina retenait mal ses larmes anxieuses et les maîtresses de Sardanapale, toutes superstitieuses, s'interrogeaient tristement du regard et sentaient toute joie évanouie de la fierté de leur cœur.

— Allons regarder monter le Tigre! dit Sardanapale en éclatant d'un large rire et en serrant Myrrha dans ses bras.

Et, comme il faisait mine de sortir du Temple, sans avoir déposé aux pieds du Dieu, le magnifique anneau, le grand prêtre se hasarda à le rappeler aux convenances.

— C'est vrai, fit le roi d'Assur, mais je suis brouillé avec les dieux aujourd'hui.

Et, c'est au doigt de Myrrha qu'il mit l'admirable pierrerie.

Et comme l'anneau était beaucoup trop large :

— C'est bien, ma chère âme! nous en ferons faire un bracelet.

Et il donna le signal de la sortie du Temple, cependant que le clergé du dieu Mérodach exhalait, tout bas, derrière lui, les propos les moins bienveillants.

— Ni sacrifices ! ni riches présents aux Dieux ! c'est la ruine.

— Le Chaldéen Bélésis avait certainement raison, les Dieux doivent être indignés.

— Après tout ce ne serait pas la première fois que déborderait le Tigre.

— Puisse le fleuve l'emporter comme un fétu malfaisant!...

Quand le roi reparut sur le parvis sacré, les hérauts sonnaient aux huit portes monumentales que gardent des taureaux ailés à têtes humaines que gardent, eux-mêmes, des lions de fer. Le ciel étincelait, au dehors, bleu comme un lac, avec une petite déchirure cependant à l'horizon, y faisant une tache violette, toute frangée d'or, un tout petit nuage, non pas flottant comme une voile, mais immobile comme une pierre posée sur la limpidité de l'azur. Et la reine Zarina qui le vit et qui était plus superstitieuse, à elle toute seule, que toutes les maîtresses du roi, sentit les larmes plus chaudes et plus inquiètes monter à ses yeux d'ordinaire si souriants.

Un superbe festin attendait le cortège royal, non plus sur la terrasse ombragée où avaient eu lieu les agapes amoureuses de la veille, mais dans une salle du Palais délicieuse de fraîcheur où de grands rameaux fleuris répandaient une odeur exquise, dans une pénombre très douce, où se sentaient plus à l'aise les délicates fantaisies de l'Amour, où le mystère des caresses se faisait plus intime, la clarté des flambeaux diurnes étant elle-même discrètement voilée.

Mais avant de s'y rendre :

— Bélésis m'a traité, je crois, d'impie, s'écria gaîment Sardanapale; eh bien! je vais lui apprendre que je suis le plus dévot des Rois. Si j'ai mécontenté aujourd'hui Mérodach, le Dieu cruel des batailles, je veux me rendre favorable la déesse Istar qui préside aux caresses. Son temple doit être encore rempli de belles filles venues, dès le matin, lui apporter des fleurs, en cette mémorable journée. Nous les ramènerons avec nous en des palanquins somptueux!

Et déjà le cortège avait obéi au nouveau caprice du roi d'Assur. Des esclaves noirs, rapidement mandés au palais, s'y étaient joints et portaient sur leurs épaules de longs sièges aux brancards enrichis de pierrerie et, au-dessus desquels, s'agitaient de longues palmes.

On arriva au temple de la Déesse juste à temps pour recueillir les belles visiteuses que nous y avons vues entrer, aux longs voiles transparents resserrés seulement, à la taille, par des ceintures d'or. Cet enlèvement s'effectua avec un gazouillis de gaîté et de petits cris joyeux comme ceux d'oiseaux innombrables sous la ramée, quelques fiancés de mauvaise humeur maugréant, seuls, contre cette nouvelle fantaisie de Sardanapale.

Au festin qui suivit, autour du large lit où il s'étendait lui-même pour savourer la douceur du repos, le roi d'Assur fit grouper toutes les nouvelles venues, à la joie maligne de Myrrha sûre du cœur, sinon des sens, de son royal amant, et au dépit mal dissimulé des autres épouses de Sardanapale toutes frémissantes de jalousie. Le spectacle était merveilleux d'ailleurs de ces vierges aux chairs délicates et parfumées de jeunesse, maladroites encore aux voluptés savantes et aux coquetteries raffinées, mais dont l'enlacement improvisé avait des surprises adorables et qui semblaient vraiment sœurs des fleurs fraîchement cueillies dont le roi avait voulu qu'on leur fît une façon de lit parfumé.

La chaleur des vins ignorés de ces jeunes gorges tremblantes et que le roi leur fit verser et versa même, à quelques-unes, de sa propre main, chassa bientôt les timidités impatientes, délia les lèvres silencieuses et les voua d'abord au caprice du verbe, puis à la saveur des baisers. Ce fut comme le réveil d'un nid printanier, comme une envolée d'abeilles, comme un gazouillement de source dont les eaux dessinent enfin un cours dans la monotonie des jardins fleuris d'anthémis. Mal conscientes des caresses permises, elles étaient comme un troupeau de blancheurs dans une rafale qui ne roulerait que des pétales de rose. Et Sardanapale prit un grand plaisir à les contempler d'abord, puis à se mêler, moins innocent qu'elles, à leurs jeux innocents. Le jour tombait quand la fête prit fin. Sardanapale et Myrrha, dont les poumons aspiraient à un air moins chargé de parfums et de victuailles, montèrent sur la terrasse.

Avec une certaine surprise ils virent que l'horizon n'avait pas la limpidité des précédentes journées. Des nuées d'améthyste fermaient celui-ci d'une fausse chaîne de montagnes, et des vapeurs rouges frangées de feu, semblaient indiquer l'approche d'orages amassés. On approchait de l'automne et Myrrha, se souvenant sans doute, de la prédiction de Bélésis le Chaldéen, eut le cœur étreint d'une vague mélancolie. Elle demeura un instant silencieuse.

— Vois! lui dit Sardanapale en lui montrant l'étoile Vesper qui trouait cette muraille violette, vers le bord du ciel, comme la pointe d'une lance d'or.

Certainement il avait lu dans la pensée inquiète de son amante;

car celle-ci devant ce présage, rassurant pour le lendemain au moins, se rasséréna tout à coup et tendit ses lèvres au roi d'Assur qui y mit un baiser d'une tendresse infinie. Et, un moment, ils demeurèrent étroitement enlacés, tandis qu'au-dessus d'eux, les constellations apparaissaient, une à une, sur leurs chars aux rênes inégales, guidant leur course de lumière à travers la limpidité profonde du ciel.

Quelques jours encore et la saison des pluies avait, en effet, commencé, mélancolique dans une campagne si bien faite pour les caresses ardentes du soleil, ne faisant que resserrer dans Ninive, et faire plus intime et plus voluptueux profondément encore, le cadre des fantaisies amoureuses de Sardanapale. Pour ce temps d'ailleurs court, il avait fait ménager, dans le palais, de merveilleuses salles où des torrents de lumière versaient une clarté plus intense encore que celle du jour, avivant, comme le vent les incendies, l'éclat des bijoux, donnant aux chairs féminines des jeux heurtés d'ombre farouche et de clarté éperdue, leur donnant une vibration plus excitante cent fois que la savoureuse harmonie que leur verse le jour tamisé par les branchages.

C'était un artiste, avant tout, en même temps qu'un philosophe et un sage, ce grand voluptueux, et qui savait jouir, en connaisseur, de cette variété infinie du décor dont la Beauté de la femme ne recueille jamais qu'un surcroit de charmes. Et c'est bien simple, en vérité, puisque rien, ni dans la Nature ni dans l'Art, quand celui-ci est sincère et judicieux, ne semble fait que pour nous montrer, sous une clarté différente, dans une apothéose nouvelle, la seule Beauté éternelle, la sienne. Et, durant ces fêtes où la splendeur du ciel et la douceur du climat n'apportaient plus leur appoint, il en trouvait de magnifiques compensations dans ce que la Femme porte, en elle, d'azur et de soleil, que nos yeux sondent l'infini vivant de sa prunelle ou que nos mains plongent dans l'or tiède de sa chevelure.

Rien n'interrompait donc la suite des plaisirs royaux et il semblait que cette fois, Arbacès, définitivement vaincu, ou se jugeant tel, avait renoncé à secouer, sous Sardanapale, le trône de Ninive;

et, dans presque tous les esprits, la prophétie de Bélésis n'était plus qu'un de ces bruits, vains comme le murmure inconscient des choses inanimées, dont nous ne cherchons même plus le sens obscur. La reine Zarina, elle-même, avait senti s'envoler sa mélancolie. Myrrha avait toujours partagé l'assurance incrédule de son amant et, quant aux autres maîtresses du roi, ces jolis et babillards oiseaux avaient bien eu le temps déjà d'oublier la chanson de l'an passé pour la chanson éternellement renouvelée de l'amour.

Ce jour-là la pluie avait été comme fouettée par un vent d'orage traversé d'éclairs et de bruits de tonnerre. Mais, dans la salle où il avait festoyé sans relâche, parmi ses courtisans et ses femmes, Sardanapale était demeuré tout à fait inconscient de ces colères du ciel. Jamais, au contraire, un plus immense besoin de volupté n'avait empli sa poitrine et les doubles joies de l'ivresse et de l'amour ne lui avaient paru meilleures. Entre deux larges trépieds, où brûlaient des parfums, sur son lit que rayait une superbe peau de panthère, il était étendu, accoudé sur de hauts coussins aux crépines d'or, et Myrrha était assise auprès de lui, entourant, de son bras potelé, le cou de son amant et jouant, avec le flot sombre de sa barbe, du bout de ses doigts fuselés ourlés de nacre rose.

Un silence relatif s'était fait après la longue orgie de la journée, parmi les convives rassasiés, ceux-ci laissant dodeliner, jusque sur leurs ventres épais, leurs têtes assoupies ; d'autres devisant sans raison de choses raisonnables ; ceux-ci continuant à boire silencieusement et ceux-là à caresser leurs voisines d'une ardeur muette et comme amortie. Les épouses du Roi partageaient la lassitude générale et oubliaient, jusqu'à leur jalousie même, dans une somnolence voluptueuse où passaient encore, comme les dernières haleines d'une fleur mourante, des relents de baisers et de charnels parfums mêlés à l'odeur des verveines. Dans l'atmosphère épaisse de la salle, au-dessus des tables encore chargées de mets savoureux, autour des lits de repos dont les hôtes semblaient s'alourdir, passaient les fumées bleues des cassolettes et le souffle raréfié, plus vibrant, des flammes haletantes aux lèvres rouges des torchères. Pas une chanson, pas un cri d'amour ne déchiraient ce voile où les gemmes attachées aux colliers, aux bracelets et aux anneaux des femmes, mettaient çà et là comme des pointes de braise dans l'enchevêlement des crinières brunes et rouges, cependant, qu'au dehors, la nuit était venue, une nuit très claire succédant à la lourde nuée dont le jour avait étouffé le ciel.

Dans le firmament humide, les étoiles scintillaient plus vivement encore, comme des grains de grésil après les averses printanières, et l'horizon était comme rayé d'émeraude pâle au clair argent de la lune, d'émeraude qu'ourlait un zigzag de feu rouge, interrompu par de larges bandes violettes.

— Écoute! fit tout à coup Myrrha à l'oreille de Sardanapale, en ramenant plus près la tête embroussaillée du Roi sur sa belle poitrine ferme comme celle des statues.

Mais la tête de son amant roula doucement entre ses seins, éclairée seulement d'un sourire béat qui était encore celui du sommeil.

—Ecoute, répéta-t-elle. C'est, du côté du palais que garde le fleuve, comme le grondement d'une mer.

— C'est peut-être la vendange nouvelle que le Tigre roule jusqu à nos caves, la vendange rouge qui nous raffraîchira tout ensemble et nous brûlera le gosier. Vive le vin nouveau, ô Myrrha, que seuls les imbéciles dédaignent. Plus vivace est, en lui, la sève auguste des vignes et le philtre qui fait aimer y coule plus ardent.

— Ecoute et ne rêve plus, ma chère âme! reprit Myrrha dont la pâleur subite faisait comme une tache blanche sur le reflet rouge des torches. On dirait que des rumeurs humaines se mêlent à ce bruit de flots déchaînés.

— C'est un chœur d'amoureux qui vient nous demander asile. Qu'on ouvre toutes larges les portes aux bienvenus de l'Amour!

— Ne me retiens pas en faisant, entre mes bras, plus lourde ta tête chérie. Je veux aller voir! j'ai peur!

— Chère folle! c'est le dernier souffle de l'orage qui passe, et le peuple qui gaiement sort maintenant par les rues, enfermé qu'il avait été tout le jour dans les maisons.

Mais Myrrha se dégagea de l'étreinte alourdie volontairement de son maître, et, légère comme une biche, quand le cor a retenti dans les grands bois, elle bondit hors de la salle, et s'élança sur la terrasse qui dominait tout le paysage de la ville et de ses environs. Plus

intense, dans l'air libre, le murmure qui l'avait épouvantée emplit ses oreilles et toute la ville l'entendait maintenant; car les rues étaient débordantes de curieux qui tous se précipitaient vers le côté que bordait le fleuve.

Et Myrrha ramena ses deux mains sur son visage, en poussant un cri terrible, quand, au rayonnement d'une pleine lune qui faisait la nuit presque claire comme le jour, elle vit et comprit.

Le fleuve descendant, fougueux, des montagnes, comme si le flanc de celles-ci se fut ouvert, était déjà large comme un bras de mer. Il faisait une grande nappe blanche striée de flots plus sombres et où s'entortillaient, comme des serpents, des remous gris et roux. L'eau battait déjà le rempart du Palais et ne pouvait manquer de déborder, avant peu, les magnifiques jardins, œuvre de Sémiramis, qui s'y étageaient comme une magnifique escalade de verdure. Tout un côté de Ninive et sûrement l'admirable édifice allaient être inondés.

Mais, ses yeux devenant plus perçants dans l'ombre relative, — car nos regards s'accoutument aux demi-visions de la nuit et arrivent à les préciser avec certitude — elle sentit une angoisse plus grande encore lui étreindre le cœur et faillit s'évanouir, elle la vaillante créature qui avait combattu à côté du Lion. Sur le fleuve de longs radeaux étaient posés qu'emportaient les courants à toutes les dérives, mais qui tous viendraient certainement échouer aux murailles de l'édifice. Et sur ces radeaux, des hommes en armes qui hurlaient la joie et la vengeance, les rebelles que commandait Arbacès et que Bélésis avait préparés, lui, le Chaldéen maudit, à cette étrange et invincible façon d'assaut. Car il n'y avait nul moyen de les arrêter; et cette furie du Tigre, qui les emportait en les secouant sur l'eau furieuse, allait les jeter là où justement ils n'auraient pu atteindre, en grimpant sous le vol des flèches et la riposte des catapultes lançant des pierres monstrueuses. Le Tigre lui-même les apportait au cœur du palais, puis de la ville, en un flux hérissé de piques et dont les vagues vivantes projetaient, sous la nue, un effroyable bruissement de fer aux brisures reflétées par l'eau.

Folle, moins de terreur pour elle-même que d'angoisse pour son royal amant, Myrrha redescendit, en hurlant, et s'en vint tomber dans la salle du festin, dont rien n'avait dérangé la tranquillité lassée, au pied du lit où Sardanapale se réveilla enfin, de son voluptueux sommeil, en la voyant dans cet état. D'un bond il s'élança vers elle et tendrement la releva, en la pressant dans ses bras.

— Maître, nous sommes perdus! l'ennemi entre dans la ville. Le fleuve débordé nous apporte ses bataillons.

Mais Sardanapale n'eut pas un frémissement dans le visage.

— Qu'on ferme toutes les portes! cria-t-il d'une voix vibrante.

Cette fois les convives avaient entendu. Le bruit circulait entre les groupes. C'était un effroyable affolement. Tous se ruaient vers les portes. Les femmes gémissaient déjà comme des bêtes qu'on égorge et les ivrognes lâches injuriaient le Roi.

— Tu veux donc que nous mourions massacrés comme des moutons et des bœufs! Fais ouvrir ou nous brisons les portes!

— Que les hommes sortent donc! fit tranquillement Sardanapale en croisant les bras sur sa longue robe constellée. Mais, ô femmes, du moins, vous resterez avec moi!

Toutes ses épouses tendirent vers lui leurs bras et la reine Zarina, que ce grand bruit avait amenée, lui prit la main et y posa ses lèvres, cependant que Myrrha, l'interrogeant du regard, lui demandait ses ordres.

Tous les hommes étaient partis pendant ce temps et, derrière eux, le Roi avait fait barricader les portes, en y entassant, avec l'aide de ses serviteurs fidèles, les lourdes tables encore toutes chargées de pesantes orfèvreries.

— Et maintenant, à moi, bûcherons de la Mort!

Toute la salle était intérieurement tapissée d'une façon de jardin artificiel, composé d'arbres aux fleurs odorantes mêlant leur parfum à celui des belles femmes étendues, et où les esclaves allaient cueillir, pour elles, des bouquets.

Sardanapale s'élança et, de ses mains puissantes qu'une vie voluptueuse n'avait pas réussi à efféminer, il tordit, à le briser, le tronc d'un de ces arbres verdoyants; et tous, à son exemple, s'armant de ce qui avait un tranchant autour d'eux, officiers de leurs sabres et esclaves des couteaux où saignaient encore les viandes savoureuses, commencèrent à couper et à entailler les rameaux, jetant sur ce bûcher improvisé les tiges mutilées, y poussant les lits et les tables, si bien que l'édifice montait et, monstrueux, informe, gagnait la moitié de la hauteur des murs.

Pendant ce temps, les femmes, sur un ordre de Sardanapale, surchargeaient ce môle hirsute, aux arêtes coupantes, de draperies éclatantes arrachées aux tentures et de tous côtés.

Celui-ci se dressait enfin sur lequel on jetait, d'en bas, les vaisselles admirables et tous les trésors installés dans cette partie du palais.

Quand l'œuvre fut achevée, Sardanapale ordonna à Myrrha de lui donner une torche.

Celle-ci obéit et le Roi la jeta, toute flambante, dans le menu bois qui s'écrasait sous cette masse combustible. La brindille se mit à pétiller ; puis des flammes, toutes petites d'abord, grandissant ensuite, s'en dégagèrent et montèrent en léchant, de leur langue embrasée, l'abrupte contour de ce pylône dont les assises commencèrent à rougir.

— Et maintenant, vous tous qui pensez, comme moi, qu'il vaut mieux cesser de vivre que d'être libres et d'aimer, suivez-moi ! O femmes, mourez avec celui qui n'aima que vous dans la vie !

Et par un des escaliers croulants que formaient, sur les côtés, toutes ces choses amoncelées, lentement, majestueusement malgré l'imprévu des secousses, tenant Myrrha embrassée, Sardanapale monta jusqu'au faîte de ce bûcher improvisé et s'étendit, au milieu, dans la pose abandonnée qu'il avait tout à l'heure sur son lit de table, à l'heure du festin, quand lui-même étendait l'amphore pesante vers la coupe tendue de quelqu'une de ses maîtresses.

La Reine le suivait, chancelante, mais résolue, et s'accrochant aux plis de brocard de sa longue robe violette. Comme prises d'un délire de folie et d'amour, toutes ses femmes montaient, le rire aux lèvres, un rire plein de baisers, s'aidant des mains l'une l'autre, les cheveux dénoués et formant un cortège sinueux jusqu'à ce qu'elles s'étendissent autour de lui, plus belles de la beauté divine du sacrifice. Et, une fois encore, comme attirées par la chair du maître, leurs propres chairs se mêlèrent en des poses voluptueuses, heureuses qu'elles étaient de mourir avec lui.

Cependant une fumée, d'abord légère et parfumée de bois odorants, puis s'épaississant et devenant plus âcre, bleue d'abord comme

les nuées légères du Printemps, puis se colorant de flammes comme si l'or et le sang s'y mêlaient déjà, commençait à envelopper le groupe funèbre sur lequel allait descendre la mort.

— M'aimes-tu, Myrrha? fit la voix grave du Roi.

— Oui, Maître, je t'aime!

— Alors, donne-moi un baiser encore et que cette flamme soit bénie qui le brûlera sur nos lèvres et nos doux souffles avec lui!

Cependant des tressaillements de douleur déchiraient ce silence. Mais les martyres étouffaient, entre leurs belles dents, les sanglots.

— L'Amour! clama, une dernière fois, la voix de Sardanapale.

Et des voix étouffées répondirent :

— L'Amour!

Un tourbillon noir de fumée, où étincelaient déjà des lambeaux d'étoffes et de chair, s'arrondit en colonnade monstrueuse et vint s'écraser, en un véritable nuage d'où pleuvaient des étoiles, au plafond de la salle magnifique dont les colonnes précieuses se tordaient aussi avant de s'écrouler.

Les soldats d'Arbacès enfoncèrent les portes et reculèrent épouvantés. Le bûcher tout entier, en un écroulement formidable, s'était affaissé et maintenant c'était presque au ras du sol que toutes ces viandes flambantes, que toutes ces richesses en fusion et coulant à terre en ruisseaux de lave, indiquaient le tombeau volontaire du plus sage, du plus intrépide et du plus voluptueux des Rois. Au centre, près de la tiare vide de Sardanapale avait roulé le cercle d'or dont Myrrha enfermait ses admirables cheveux.

Pasiphaë dont la fantaisie avait déroulé ce rêve, sous les yeux fermés de celui qu'elle tenait toujours dans ses bras, sourit avec l'amour propre d'un auteur satisfait, quand elle entendit Ambroise, qui la serrait plus étroitement encore dans ses bras, murmurer le nom de Myrrha, en cherchant ses propres lèvres. L'illusion avait donc été assez intense pour qu'il se fut incarné, un instant, dans l'image de Sardanapale et eut vécu vraiment les nobles et tumultueuses impressions de son supplice, après avoir partagé l'enivrement de ses viriles tendresses.

Elle le regarda et vit, sur son visage endormi, une impression impérieuse de fierté et d'apaisement, comme s'il venait de traverser une épreuve redoutable suivie d'une mystérieuse victoire.

Et de fait jamais rêve ne fut plus grand que celui de ce calomnié dont Byron, seul, tenta de restaurer la mémoire tendre et héroïque à la fois. Rêve de philosophe qui aimait vraiment la vie et la comprenait, à la fois, dans son honneur, — puisque nul prince ne fut plus brave, — et dans son but réel puisqu'aucun homme ne fut plus amoureux. Rêve d'artiste qui, dans la beauté éperdue de la Femme enfermait le culte de toutes les subalternes beautés. Rêve de héros qui sacrifia même les joies immortelles de l'Amour à l'orgueil de mourir libre!

On retrouva, d'ailleurs, un jour, dans les manuscrits d'Ambroise Renaud, ce sonnet qui certainement fut inspiré par la profonde impression qu'il reçut de ce songe et où le souvenir d'Eliane se mêlait, sans doute, à cette sublime évocation :

J'ai rêvé que, tous deux, vers le Pays d'Assur
Par delà les splendeurs de la Rome papale,
Sous une nuit sans lune, et par un chemin sûr,
Vers le Palais fumant du roi Sardanapale

Un esprit nous guidait : dans le ciel vaste et pur,
Comme un astre nouveau rayonnait ton front pâle
Et mon front éperdu se plongeait dans l'azur
Sous le rayon discret de cette large opâle.....

Ninive ! Le bûcher flambe encor !... sa clarté
Dans un grésillement de baisers se dessine ;
De caresses de feu l'air rouge est fouetté.

La luxure nous tend sa morsure divine,
Et nous mêlons nos cœurs à l'auguste ruine
De ce qui fut l'Amour, la Gloire et la Beauté.

IV

NUIT CORINTHIENNE

D'un frôlement léger de son bras blanc, comme de l'aile veloutée d'un papillon ou de l'aile de soie d'une bergeronnette, Pasiphaë avait chassé, du front du dormeur, l'ombre du dernier rêve, dont l'intensité avait été si profondément mêlée avec ses propres impressions ; un souffle effleurant les cheveux d'Ambroise avait éteint, dans son esprit, le rouge bûcher de Sardanapale.

Comme Dante, à travers le cycle où le conduisait la main amie de Virgile, il se sentait emporté, dans une atmosphère nouvelle vers l'inconnu d'où des formes inattendues jaillissent, — tels les bois et les palais du fond des brumes de l'air matinal. Il avait simplement vu, comme dans un halô de réalité enveloppant la clarté mystérieuse du rêve, la charmeresse prendre, sur une route fleurie d'olivier et de laurier, pour guide, un jeune pasteur qui, confiant lui-même son troupeau à un compagnon — tel les bergers de Théocrite dans mainte suave idylle — les guidait maintenant, elle et lui, par le bord de la mer, jusqu'à un escarpement qu'ils gravirent à grand'-peine.

Là un spectacle les attendait, plein de majesté et de terreur : à leurs pieds s'ouvrait un abîme et, dans ce gouffre, des cavales d'écume semblaient bondir, diaphanes et la crinière traversée de clartés d'arc-en-ciel, aux croupes ruisselantes et s'escaladant, l'une l'autre, comme des bêtes en rut ou des chevaux de bataille. Et le vacarme était effroyable de cet hippique combat, ces monstres transparents se heurtant aux parois du gouffre et s'y brisant en d'immenses éclaboussures qui jaillissaient jusqu'aux pieds des voyageurs.

— Où m'as-tu conduit, Pasiphaë ? murmura la voix inquiète du dormeur.

— Evoque tes souvenirs d'écolier et tu reconnaîtras peut-être le défilé de Sciron, le géant qui massacrait tous les imprudents se risquant dans ce site effroyable et dont Thésée ouvrit enfin le front d'un coup de pierre.

— Et il nous amène ?

— A Corinthe ; car c'est là que nous allons. Mais d'abord as-tu garni ta bourse ? car tu sais que les Femmes y sont chères et que, suivant le vieux proverbe latin, ce voyage est interdit aux pauvres diables.

— Je n'ai, pour toute richesse, Pasiphaë, que l'or de tes cheveux et les perles de ton sourire. Ne m'as-tu pas entraîné à l'improviste et sans me laisser le temps de me pourvoir de drachmes ? car c'est, je crois, la monnaie usitée autrefois en ce pays.

— Soit. Les plus coûteuses courtisanes de Corinthe sont mes amies et je te ferai faire crédit par elles. Continuons donc notre route. Nous approchons de l'Isthme que contourne le temple de Neptune et que couvre en partie une forêt de pins. Où veux-tu que nous abordions ? Au port de Léchée sur la mer de Cuza, ou à celui de Lieuthée, sur la mer Salonique ?

— Peu m'importe, Pasiphaë, pourvu que nous arrivions à Corinthe dont la galante renommée me charme infiniment par avance.

— Ne veux-tu pas t'arrêter, un instant, près du tombeau des enfants de Médée ?

— Quoi ? c'est ici que les tua leur mère ?

— Raconte la fable ; mais la vérité est que, ces pauvres petits furent massacrés ici, à coups de pierres, par les lâches et cruels habitants qui, plus tard, pour faire oublier ce crime aux Dieux leur élevèrent ce monument expiatoire.

— Cependant Euripide...

— On accuse Euripide d'avoir accepté quelque argent pour immortaliser la fable contraire, celle de Médée meurtrière de sa propre race.

— A qui se fier, bon Dieu !

— Que veux-tu ! Il paraît que dans les histoires d'Isthmes, on trouve toujours, — et cela depuis la plus haute antiquité, — des pots de vin.

— J'en accepterais volontiers un, moi-même, en ce moment ; mais pour me désaltérer seulement. Car le sentier que nous a fait prendre ce pasteur innocent était vraiment rude.

— Je te préviens que le vin était détestable à Corinthe. Il était renommé, dans toute la Grèce, pour sa mauvaise qualité. Que ne te désaltères-tu plutôt à la source Pirène qui tend, à nos mains, les transparences de sa coupe naturelle et, sur laquelle, un vol de libellules aux ailes de vitre promène de vivantes émeraudes ? C'est même un devoir pour toi, Poète, de te désaltérer à ses ondes symboliques.

— Pourquoi, chère Pasiphaë ?

— Parce que c'est de ce délicieux abime en miniature que Bellerophon fit sortir le divin Pégase.

— Je suis si mauvais cavalier !

— A ton aise. Aussi bien ne t'ai-je pas conduit ici pour te faire monter à cheval, non plus que pour y acheter quoique ce soit de ce qui fait Corinthe, riche entre toutes les cités de Grèce ! ni ivoires de Lesbie, ni cuirs de Cyrène, ni encens de Syrie, ni dattes de Phénicie, ni tapis de Carthage, ni blés de Syracuse. Si cependant ! peut-être quelque belle esclave de Phrygie. Car c'est ici qu'on trouve les plus parfaites, et aucunes femmes ne sont plus obéissantes aux caprices divins de l'amour. Regarde celle-ci, assise, au milieu de ses compagnes, sur le port où toutes ces marchandises si diverses sont amoncelées au soleil. Sa belle chevelure noire est surmontée du bonnet léger que porta le berger Pâris quand il rendit la justice, non pas sous un chêne, comme Saint-Louis, mais sous un magnifique bois de lauriers roses. Il est vrai que récompenser la Beauté, par l'offrande d'une pomme, est une plus galante occupation que condamner à avoir la langue traversée d'un fer rouge ceux qui ont blasphémé le nom de Dieu.

— Quelle langueur exquise dans son attitude de captive ! Comme son joli corps à demi-étendu à terre, s'infléchit en une courbe gracieuse des reins et en une tension savoureuse des épaules que scandent deux fossettes inégales ! On dirait qu'une vapeur d'ambre court sous sa peau transparente et que ses chairs exquises ont traversé, par place, la feuillée légère et rose dont le zéphyr d'avril avive leurs couleurs ! Si tu veux m'en croire, Pasiphaë, nous pourrions arrêter ici notre course.

— J'ai juré que tu connaîtrais l'amour d'une Corinthienne. Tiens ! voici la maison de Laïs, la plus célèbre de toutes. C'est la plus somptueuse demeure de la ville. Elle y engloutit plus de fortunes qu'il n'en aurait fallu pour équiper la plus redoutable flotte de l'Archipel. Tu ne manqueras pas d'aller faire tes dévotions à son tombeau. Elle y est symbolisée sous la figure d'une lionne dévorant un bélier.

— Cela ne voudrait-il pas dire que, non contente de ruiner ses amants, elle les faisait encore... ?

— Elle appartenait à quiconque avait de quoi la payer et l'athlète Eubotas eut seul le secret d'en être aimé gracieusement. Il est vrai qu'il était d'une telle bêtise, que personne n'eut voulu d'un bonheur payé au prix de sa stupidité. Mais nous sommes arrivés maintenant et je t'abandonne à ton rêve.....

Il semblait qu'un léger nuage les eut emportés, tous les deux, au sommet de la citadelle, au pied du temple de Vénus devant lequel se dresse une statue colossale de la Déesse, ayant à ses côtés, une statue de l'Amour et une de Phébus.

Le Soleil commençait à descendre majestueux, sur la double mer où ses rayons semblaient creuser encore les transparences jumelles de l'abîme. On eut dit que s'y brisait, en s'y reflétant, l'azur profond du ciel, et les longs îlots apparaissaient comme les cassures d'un lapis-lazuli. Un panorama grandiose se déroulait sous les yeux, dont les reliefs s'accusaient en d'admirables jeux de lumière et d'ombre.

Vers le nord, le Parnasse et l'Hélicon sous leur toison de forêt où les rayons de l'astre oblique semblaient faire frémir encore les longues cordes d'or d'une immense lyre ; à l'est, l'île d'Egine étincelante de nacre, comme un vaste coquillage ; à l'ouest, les magnifiques allées de Sicyone dont les feuillages ondulaient, roulant, sur un flot d'émeraude tendre, d'invisibles barques d'où montaient des paroles d'amour.

Un innombrable chant s'éleva, tout à coup, du rivage et une longue théorie de femmes agitant des palmes, qu'escortait une foule enthousiaste, s'avança le long de la mer, sous un étincellement de bijoux à la lumière. Elles n'étaient pas moins de douze mille hiérodontes célébrant la mémorable journée où les courtisanes de la ville avaient sauvé celle-ci du joug de Xerxès, et leur troupe se rendait d'abord vers le grand autel dressé au bord des flots et dont l'inscription commémorative consacrait ce souvenir, puis vers la statue de Vénus debout au sommet de la citadelle. Par l'escalier sinueux, bordé de grandes fleurs symboliques et qui, seul, conduisait au Temple, ce fut un enchantement de voir serpenter ce cortège et grandir les personnages qui le composaient, bientôt distincts à la tête, tandis, qu'à l'autre extrémité, ils n'étaient encore qu'un ruban allant s'amincissant.

Jamais tant de femmes admirables de beauté n'avaient été groupées ainsi en un ensemble de formes harmonieuses.

La langueur savante de leur marche donnait, à la ligne qu'elles dessinaient, le mouvement d'un rameau fleuri d'aubépine que berce un léger zéphyr. Ce ruisseau vivant, aux ondes parfumées, remontait son cours comme mû par une force mystérieuse, sans se briser, inexorablement tendu vers sa source. Quand les visages devinrent reconnaissables, ce fut une variété de types charmants, ceux-ci souriant et ceux-là majestueux, une large tresse, qu'on eut dit nouée de sourires, faite de chevelures noires et de chevelures dorées. Elles se tenaient enlacées quand le permettait la largeur du chemin, et rien n'était plus voluptueux que leurs poses. Aux braises de leurs lèvres c'était un étincellement de perles roses et leurs regards avaient une grâce pleine de défis qui subjuguent les âmes.

La foule montait derrière elles ; mais bientôt les gardiens l'arrêtèrent, et la triple image des Dieux demeura, sur le promontoire, comme un rocher que ces belles chairs blanches semblaient venir battre d'une écume d'argent. Suivant les méandres d'un mystérieux labyrinthe elles défilaient inclinant leurs palmes d'or devant l'image de Vénus, cependant que leurs bouches entonnaient un hymne en l'honneur de la Volupté.

Rien de plus somptueux que leurs toilettes. Dans leurs chevelures savamment ramassées au-dessus de l'ambre de leurs nuques, c'était un entortillement de tresses où les cheveux se nouaient avec des rubans d'or très étroits ; leurs épaules nues sortaient des plis un peu bas de leurs tuniques qu'agrafaient des joyaux magnifiques, teintes des couleurs les plus tendres, lilas blanc, mauve, hyacinthe, bleu pâle du crocus dont la petite coupe s'ouvre aux bord des eaux. Les plis en venaient mourir près du genou et une étoffe plus claire encore, tout à fait transparente, continuait, seule, jusqu'aux pieds dont les doigts délicats étaient, comme ceux des mains, chargés de pierreries. Ce second vêtement était d'un plissage infiniment plus serré que le premier, donnant l'impression d'une eau limpide que ride un très léger zéphyr, entre les tiges tremblantes des grands joncs engainés au sommet de velours sombre.

A contempler leurs visages, on reconnaissait rapidement la science des fards et des poudres de toilette. D'imperceptibles brins d'or couraient dans leurs cheveux ; leurs yeux étaient agrandis et noyés d'ombres factices où les cils frémissaient plus voluptueusement ; l'arc de leurs sourcils avait été rectifié et il n'était pas jusqu'à la commissure de leurs lèvres que le carmin n'eut faite plus nette.

Leurs ongles avaient été soigneusement polis et la nacre en avait été teintée de rose, aussi bien ceux qui posaient sur leurs sandales frangées d'or que ceux de leurs mains dont les pâtes liliales avaient ravivé la blancheur et dont un crayon d'argent avait esquissé les veines bleues.

Une chaude haleine de parfums s'exhalait, non pas seulement de leurs toilettes, mais se mêlait encore à l'haleine frêle et vibrante, à l'odeur de femmes que réveillaient les chauds baisers du soleil sur toutes ces chairs extasiées.

Leur regard et leur sourire avaient la même grâce provocante.

Le cérémonial s'achevait et le cortège commençait à se débander, cependant que des hommes cossus de la ville, armateurs pansus ou jouvenceaux dont l'élégance annonçait la famille opulente, étant parvenus, par la corruption des gardiens, à franchir la barrière refermée derrière le noble troupeau des hiérodontes, s'empressaient autour des plus belles et des plus enviées. Et de rapides entretiens s'échangeaient.

— Te reverrais-je ce soir, Glycère ?

— Sous les platanes de Sicyone ; je t'attendrai, si tu le veux, vers la huitième heure.

— Iras-tu promener le long de la muraille de marbre du jardin céramique, Agathé ?

— Si tu y trouves, vers la sixième heure, mon nom écrit sur la quatrième pierre, c'est que je t'attends, Myrrhon, chez moi.

Un gars superbe, au col d'athlète, à la chevelure noire frisée, aux membres robustes mais aux extrémités délicates, abordait une superbe fille à la chevelure rousse, au type thessalien rappelant l'image à la fois farouche et joyeuse des Bacchantes : chairs mi-blanches, pailletées d'or roux, lèvres épaisses dans leur sensualisme vainqueur, yeux d'un bleu étincelant et constellés dans la profondeur.

— Eh bien ! Lexna, est-ce demain que j'achèverai ton portrait ?

— Demain?... Demain? peintre Dinias, laisse-moi réfléchir.

Et, ayant dressé son index qu'ornait un saphir superbe le long de son nez correct aux narines roses comme le bord nacré d'un coquillage, la belle Lexna se mit à penser très sérieusement. En même temps, elle jetait un regard de côté sur Dinias, le trouvant certainement fort à son goût, comme homme, mais inquiète du profit réel que lui vaudrait l'achèvement de son image.

— Ecoute, Dinias, ce portrait est bien pour moi?

— Je te l'ai promis quand tu m'as permis de le commencer.

— Et ta peinture est estimée dans la ville?

— L'archonte Dyphile m'a payé cent sesterces le sien.

— Il est cependant bien laid, lui!

— Juge un peu, toi qui es si belle!...

— Mais tu vas vouloir m'accompagner dès ce soir?

— Songe, Lexna, que c'est mon seul salaire.

— Tu vas me fâcher avec le riche Gnafron, qui m'avait annoncé sa visite.

— Il est encore plus laid que Dyphile!

— Et toi, tu es un des plus jolis hommes de Corinthe. Allons! Viens et fais-moi venir des porteurs.

Ce fut un murmure d'étonnement parmi les compagnes de Lexna.

— Je la croyais plus forte!

— Ce Dinias qui n'a que des dettes!

— En voilà une qui mourra moins riche que notre aïeule Laïs.

— Ce n'est pas Gnathrène qui se fut laissée rouler ainsi!

— Que nous sommes faibles, Lycoris!

Ce bourdonnement d'abeilles paresseuses, qui ne cherchent l'or du miel qu'aux poches des débauchés, allait s'évaporant dans l'air chaud, cependant que Dinias, les yeux ardents d'amour, ayant au cœur toutes les fougues viriles de la jeunesse, emmenait Lexna, promenant sur ses amis et sur la foule, un regard d'une impertinence adorable.

Au pied de la citadelle, une litière portée par quatre esclaves la prit, et Dinias qui marchait à côté d'elle, l'éventait en chemin, d'une longue palme verte, à la fois humble et triomphant.

Lexna était une personne qui se ruait peu, d'ordinaire, au devant du sacrifice, mais qui, une fois qu'elle s'y était résolue, n'y apportait ni arrière-pensée, ni remords. Ce qu'on nomme aujourd'hui une

bonne fille. Résignée à ne pas augmenter sa fortune cette nuit-là, elle se dit qu'elle aurait tort de n'en pas tirer, du moins, tout le plaisir possible, et que la beauté et la jeunesse de Dinias étaient la seule compensation possible à sa pauvreté. Elle était donc résolue à le rendre aussi heureux qu'il se pourrait, en se contentant, pour elle-même, de la moitié de son bonheur. Or il y a une science dans l'amour, et être aimé, ne fût-ce qu'une heure, d'une courtisane savante est une faveur véritable du Destin.

Lexna avait très laborieusement appris son sublime et misérable métier de marchande de caresses. Elle avait conscience, qu'en ce trafic, l'homme reste toujours redevable à la femme. Car c'est l'infini que celle-ci nous donne et l'on n'achète pas l'infini. Qui pourrait se vanter de solder, avec tout l'or des mines, la seconde d'extase qui nous fait, dans les bras de la femme, l'égal des Dieux?

C'est-à-dire que ce qu'on lui donne, en échange, est tellement ridicule à côté que ce n'est pas la peine d'en parler. Mais Lexna n'allait pas jusqu'à cette conséquence extrême d'un sage raisonnement. Sur l'Infini, auquel elle avait droit aussi, elle entendait, au moins, toucher un à compte. Dinias, en acceptant ses caresses, eut le bon esprit de les lui payer en même monnaie.

A son entrée dans sa maison, Lexna l'avait livré à des esclaves qui avaient rafraîchi son corps aux tiédeurs d'un bain parfumé et pétri ses membres avec des herbes délicieusement odorantes, pendant qu'elle-même recevait, de ses femmes, les mêmes soins, avec plus de raffinement encore. Près de la couche qui les attendait et qu'on avait jonchée de pétales de roses, une table légère tenait, à portée de leurs mains, un repas fait de viandes succulentes et de vins savoureux, de coquillages aphrodisiaques et de fruits rafraîchissants. Mais quand, sur leurs pas, les lourdes draperies se furent refermées, ils n'eurent garde de toucher tout d'abord à ce festin. Et ce fut, pour Lexna qui n'y était plus accoutumée, un phénomène qui ne manqua pas de charme que leur première rencontre impatiente, sur la pourpre meurtrie et les coussins effondrés, fut loyalement bestiale et passionnée, sans qu'aucun des artifices de son redoutable savoir y put trouver place.

Mais leur mystérieux bonheur n'est pas de ceux qui se décrivent. En cette chambre parfumée où ne pénétrait aucune rumeur inopportune de la ville, dans cet abandon complet de leurs êtres pour qui n'existait plus tout le reste du monde, dans la délicieuse lassitude même où la magie des caresses étudiées de Lexna reprit son empire, dans l'anéantissement délicieux qui les conduisait au sommeil enlacés dans les bras l'un de l'autre, ils connurent les seules heures de l'existence humaine qui méritent un regret.

Une clarté très nette fendait les draperies du côté d'où devait venir le jour. Lexna s'était reprise, pendant que Dinias, plus amoureux que jamais, se disposait à de nouvelles folies.

— Et mon portrait ? lui demanda-t-elle, d'un air moitié sérieux, moitié enjoué.

— Nous avons bien le temps, Lexna ! Nous sommes au matin encore.

— Enfant, ne faut-il pas que je songe aux visites que je recevrai tantôt ?

— Ah ! c'est vrai ! répondit-il avec un profond et sincère soupir. Mais à quel moment alors poseras-tu pour moi ?

— Tu ne voudrais pas me faire de tort, Dinias, après le désintéressement que je t'ai témoigné. Il me faut mettre immédiatement à ma toilette.

— Et ton portrait ?

— Eh bien, ne peux-tu pas y travailler, en me regardant pendant que mes femmes m'habillent ? D'abord je ne sais pas rester immobile comme vos modèles de profession. Je veux que tu me fasses comme je suis dans la vie, avec mille pensées me traversant la tête et la physionomie changeante de mille caprices. Songe que c'est un honneur que je n'ai fait encore à personne de ton sexe que de le laisser assister à ma toilette. Tu ne trahiras pas, au moins, mes secrets, Dinias ? tu ne les donneras ni à Glycère, ni à Lycoris ? Tiens ! je crois que j'ai tort, et il vaut décidément mieux que tu t'en ailles.

Dinias, qui préférait demeurer à tout prix, se jeta à ses genoux. Elle fut encore bonne fille, cette fois-là. Le jour inonda la chambre dont l'obscurité avait été si douce. Le peintre s'installa dans un coin avec ses pinceaux et se dit que, de tous les traits qu'il cueillerait ainsi au passage, résulterait peut-être une image plus vraiment fidèle, au point de vue de la vérité vivante, que le résultat d'une contemplation unique et assidue. Quant à Lexna, elle ne s'occupa pas plus de lui, à partir de ce moment-là, que s'il n'avait jamais existé.

Et sur un appel de la belle courtisane, Dinias, toujours distrait

malgré lui, vit entrer quatre esclaves qui, l'ayant mise absolument nue, commencèrent à la frictionner de la tête au pied, afin d'exciter les papilles de la peau. Un bain parfumé fut apporté ensuite dans lequel elles la plongèrent délicatement. Puis, après un quart d'heure d'immersion, armées de strigiles d'ivoire, elles recommencèrent à débarrasser la peau, légèrement attendrie, de toutes les impuretés épidermiques.

Cette seconde friction terminée commença le travail épilatoire comportant une plus grande attention encore. Car au moindre brin

de duvet dont l'ablation lui causait une piqûre, Lexna poussait un petit cri, ou une imprécation, à moins que de sa main crispée elle entrât violemment la nacre coupante de ses ongles dans l'épaule nue de l'esclave coupable. Des onctions d'huiles parfumées apportées dans de riches burettes d'or, et des fumigations aromatiques dont la fumée montait de brasiers enrichis de pierres précieuses achevaient cette première partie de sa toilette.

Enveloppée d'un drap, Lexna fut posée à nouveau sur un lit de repos qui lui permettait une situation plus haute de la tête que dans le premier. Là elle se mit à rêver à son vêtement du jour et cette méditation ne se fit pas sans un grand travail de son esprit, travail que trahirent des jeux de physionomie tout à fait variés, allant de la joie d'un *eureka* triomphal au froncement de sourcil d'un désenchantement. Dinias suivait avec un intérêt fou toutes ces mines, tâchant de les noter au passage.

Ah! le vêtement était trouvé et Lexna pouvait se livrer, l'esprit libre, à un exercice professionnel que l'artiste ne contempla pas non plus d'un regard indifférent. Dans un miroir qu'une esclave à genoux tendait devant elle, elle s'exerçait à regarder en clignant des yeux, à sourire, à désespérer puis à encourager tour à tour par de petites grimaces suggestives, voire à faire monter au bout de ses cils une menteuse larme. Après cette gymnastique du visage, elle étudia les poses des bras et des mains, y cherchant tantôt la grâce qui appelle et tantôt le dédain qui arrête.

Pendant ce temps, une servante avait été lui chercher, dans sa somptueuse garde-robe, la toilette dont elle avait fait définitivement choix. Alors le drap, qui avait servi à la transporter sur ce divan, était définitivement enlevé et deux esclaves caressaient doucement sa peau avec des plumeaux de feuilles de cygne pour enlever les dernières traces d'humidité. On passa ensuite à la coiffure comprenant le nettoyage des cheveux, une friction aromatique de la tête, puis l'arrangement, en nattes et en tresses étroites, de la chevelure qu'on enroulait en un véritable édifice retenu çà et là par des bandelettes et des cordonnets de filigrane. Si majestueuse que fut cette architecture, elle fit regretter à Dinias l'admirable abandon nocturne où il avait vu la tête de Lexna pareille à une Ménade.

Puis un pinceau fut promené sur les sourcils et au bord des yeux, trempé dans du noir d'encens; les dents furent brossées avec des poussières odorantes de corail; la langue nettoyée avec une lame d'ivoire. Les fards blancs et roses furent ensuite posés le long des joues et du menton. Enfin les pieds furent chaussés de sandales retenues par des lacets d'or se croisant à des coulants en pierreries, la tunique fut jetée sur les épaules et les plis en furent harmonieusement disposés ; une lourde agrafe portant un camée fixa la ceinture d'or au-dessus des hanches et le cou et les poignets furent chargés de bijoux.

Après quoi Lexna se rassit, avec une religion absolue de son costume, ayant grand soin de n'en pas contrarier un pli, s'assurant que tout était bien fermé des lourdes orfèvreries qui constituaient sa parure.

— Et mon portrait ? fit-elle, en ayant l'air de se réveiller d'un songe et comme si elle se souvenait seulement à présent que Dinias était là.

Timidement l'artiste lui apporta son ébauche et mit un genou en terre pour la lui montrer.

— Pas bien avancé, fit-elle. Je crois, aussi, que ces séances ne te déplaisent pas et que tu n'as garde de te hâter.

— O Lexna, ne me reproche pas l'heure si douce que je dois à ta pitié !

— Va ! tu ne m'as pas gênée. Tu vas même me rendre encore un service. Tu vois ces tablettes posées sur ma table ? Eh bien ! celui que j'attends ne viendra pas encore avant une heure. Veux-tu m'en lire quelques chapitres en attendant ?

— Oh ! merci, Lexna ! de cette faveur nouvelle ! Quelque beau Poème, sans doute, où la beauté de la Femme et la gloire de l'Amour sont célébrées.

— Non ! Dinias. Le code amoureux qui règle les devoirs de notre profession et que Laïs nous a légué, à nous qui nous faisons honneur de suivre sa trace. Ce sont préceptes très sages et que nous ne devons jamais oublier.

Dinias, un peu désappointé, prit les tablettes, s'assit sur une peau de tigre auprès du lit où Lexna était à demi étendue, et, au hasard de la tablette qui s'était trouvée sous ses doigts, il lut :

« Femmes, faites en sorte que les hommes se croient aimés de vous. Ce n'est pas une chose si difficile ; on se persuade facilement ce qu'on désire. Poussez des soupirs ! Reprochez-leur de venir si tard ! Ajoutez les larmes et le dépit d'une fausse jalousie comme si vous redoutiez une rivale. Meurtrissez-leur le visage avec les ongles, et, se croyant adorés, ils ne vous refuseront rien...

« Femmes, fuyez ces hommes fiers de leur parures et de leur beauté qui portent toujours les cheveux retroussés ; les douceurs qu'ils vous content ils les redisent à mille autres, et l'argent qu'ils vous promettent ils l'ont déjà promis cent fois... »

« Quand un amant vous aura pressenties par quelques mots qu'une servante adroite vous aura remis, méditez-les, pesez-en les termes et tâchez de deviner, par le style et les expressions, si cet amour est un artifice... S'il est véritable, ne vous pressez pas de répondre ! Un peu de dédain, s'il n'est pas trop prolongé, aiguillonne la passion !.. »

(Traduit du grec par Ovide dans l'*Art d'aimer*).

— Tiens, serre vite ces tablettes, on vient !

Ainsi parla Lexna en se soulevant doucement sur son coude.

— Adieu, Dinias !

Le peintre prit sa main et la couvrit de baisers.

— Tiens ! fit Lexna, tu as là une jolie bague.

— Jolie, non ! mais ancienne. Elle vint à ma mère de sa propre aïeule.

— Alors, puisqu'elle est sans prix, donne-la moi. C'est un caprice....

— C'est que...

— Je pense cependant qu'après ce que j'ai fait pour toi...

Dinias n'en voulut entendre davantage. Le rival annoncé allait entrer. D'ailleurs sa bague était déjà au doigt de Lexna...

— L'anneau d'Eliane, fit, comme en se réveillant d'un cauchemar, celui qui dormait toujours aux bras de Pasiphaë.

— Allons, poète, rendors-toi, lui dit-elle. Plus généreuse que Lexna, je ne te l'ai pas volé. Qu'un esprit nous emporte maintenant de Corinthe à Paris. Tu y retrouveras les petites filles de Laïs.

V

LA GROSSE MARGOT

Margot me rit et me faict un gros pod,
Plus enflé qu'un venimeux scarbot.
VILLON

Une petite place aux environs du Châtelet, toute bordée de maisons inégales aux toits dissemblables, faisant une dentelure fantastique sur le ciel, maisons basses, avec des boiseries grossièrement sculptées, et dont l'unique étage surplombe le rez-de-chaussée obscur, toits montueux dont les tuiles lépreuses sont tachées de mousses brûlées. Des clochetons gothiques aux angles, des niches où des images de vierges sont debout devant des lampes allumées même le jour. Des bornes écornées, des girouettes grinçantes au-dessus des maisons, des enseignes symboliques, sous les yeux, et, sous les pieds, de petits pavés saillants qui les déchirent. Des enfants, mal mouchés et chemises au vent, jouant dans les ruisseaux maléolents, et une armée de chiens pissant aux devantures.

A droite, une potence qu'un fréquent usage a fait pencher en avant et dont l'anneau massif est rouillé. A gauche, une fontaine dont le mince filet d'eau met, seul, une impression de pureté et de fraîcheur dans ce cloaque citadin. Et, aboutissant à ce carrefour, de petites rues serpentantes dont on aperçoit seulement les premières maisons, se coudant bien vite vers des directions impossibles à suivre. L'enchevêtrement d'un labyrinthe : séjour tiède en hiver, d'une chaleur humaine et nauséabonde, où passent des relents de cuisine et de fumier; séjour frais, en été, par l'absence absolue du soleil dans ce dédale de masures dont les toits se rejoignent et dont les ombres se confondent; séjour interdit aux circulations rapides et où la poursuite est difficile. Paradis, en un mot, pour les tire-laine, les truands, les filous, les mauvais garçons, les haulmières et les filles de joie qui y viennent dormir là sous la surveillance, plutôt paternelle, des archers du Roi.

Car la police, la friponnerie et la prostitution ont toujours fait un excellent ménage. La première vit des deux autres, et une société qui en serait dépourvue la forcerait à mourir de faim. Les honnêtes gens lui inspirent encore plus de mépris que de respect. Aussi vous pouvez constater avec quelle mollesse elle continue à les défendre en un temps qui passe cependant pour plus civilisé. Ces messieurs du guet étaient donc, aussi, fréquents dans ce quartier ; mais ce n'était pas pour en troubler les mœurs ni en déranger les habitudes. L'échange de bons procédés et de courtoisie était constant entre eux et ceux qu'ils étaient chargés de surveiller. Ils buvaient les meilleurs vins des cabarets louches et les plus belles filles des maisons décriées leur étaient, dès leur arrivée en fonctions, une constante primeur.

Messieurs les basochiens et escholiers de toutes sortes n'étaient pas non plus sans fréquenter ce coin populeux de Paris; ils y descendaient par troupes, et ils ne se trouvaient pas autrement gênés dans cette médiocre compagnie qu'ils préféraient infiniment à celle de leurs maîtres. En quoi, ils agissaient suivant une tradition tout à fait mémorable et antique. Socrate n'avait-il pas conduit ses disciples chez une courtisane célèbre, pour qu'elle leur donnât une leçon de sagesse que ce fou d'Alcibiade voulut déjà transformer en leçon de chose, ce qui força le doux philosophe à abréger la durée de ce cours précieux !

Il y a beaucoup à apprendre en effet, chez ces bonnes filles qui font tant d'heureux ! Le bonheur ne devrait-il pas être, au fond, le vrai but de l'enseignement ? Ainsi les Japonais comprennent-ils encore celui-ci et pas un peuple ne montre un aussi grand goût pour l'étude. Or le roi Louis le onzième ne faisait pas fi de l'instruction, au contraire. Il la voulait complète et avait raison. De plus, les divertissements de cette nature ont toujours été très appréciés des Princes ayant un certain goût pour la tyrannie. Etienne de la Boëtie a formulé cette pensée, avant moi, dans une phrase admirable. Les gens qui s'amusent n'inquiètent pas les gouvernements. Et voilà pourquoi ce grand Roi était le plus tolérant du monde aux goûts crapuleux de son bon peuple de Paris.

Il avait néanmoins fait élever une belle potence au centre de ce quartier, pour qu'on n'eut garde d'oublier qu'il veillait, en bon père, sur ses sujets ; et, de temps en temps, un pauvre bougre apprenait là « ce que poisait son cul » suivant l'expression du poète en qui s'incarnait, d'ailleurs, l'âme vibrante de tous ces bons citoyens : Villon, le sublime Villon qui « tenait son état » comme il le dit encore, en ces antres chers aux pochards et aux ivrognes, et qui en célébrait les fastes orduriers, à moins que, par manière de mélancolie, il écrivit pour sa mère une prière qui fait pleurer, ou recommandât à Dieu l'âme du « bon feu maître Jean Cottard » qui lui avait quelquefois donné de l'argent.

Au temps où nous le visitons, ce carrefour pouvait donc être considéré comme la capitale du royaume de ce roi Poète qui, dans ce fangeux décor, évoquait, de toutes les ingénuités de son esprit, les fantômes exquis des grandes dames d'antan, Ingorburge qui tant le charma, Flora et sa cousine Thaïs, la très sage Héloïs et la bonne

Lorraine Jeanne, bien surprises, sans doute, de se rencontrer en ce lieu décrié !

Inutile d'ajouter que Villon était populaire, entre tous, dans ce milieu sélect et que la grosse Margot, sa bonne amie, y partageait un peu de sa gloire. Ils faisaient d'ailleurs un contraste très plaisant à l'œil, lui long et mince comme la trique d'un magister, toujours flottant dans ses habits, si étroits que fussent ceux-ci ! l'air d'un moine qui aurait pris au sérieux son serment de sobriété, *Res miranda populo* ! comme dit un hymne breton d'un homme de loi, qui par hasard, n'était pas un voleur, Saint-Yves, si j'ai bonne mémoire.

Ah ! que Margot ne lui ressemblait guère ! Nous lui devons bien son portrait : elle était dodue, voire un peu ventrue, avec des joues roses qu'on aurait pu prendre pour des fesses si ses vraies fesses n'avaient protesté, débordantes de tous les sièges, mais débordantes de belle graisse ferme et d'embonpoint savoureux. Contrastante, d'ailleurs, elle aussi, avec elle-même ; car, douée de ce majestueux développement corporel, elle avait les pieds petits et d'adorables menottes d'enfant, toutes trouées de fossettes. Et sa frimousse aussi, sa frimousse large et lunaire, ressemblait à un visage de gros enfant, tout frais, tout souriant. L'extraordinaire gaité de son regard et de son sourire était contagieuse au point qu'on ne la pouvait regarder sans rire ; mais non pas d'un rire ayant en soi quelque moquerie. Non ! on se sentait joyeux, comme les moineaux dans un rayon de soleil, sous son regard à la fois effronté et ingénu, transparent jusqu'au fond de ses yeux et semblant jaillir d'une source claire, très bleue et roulant, au fond, des sables d'or. Sa bouche était délicieusement mignonne et charnue ; et elle en faisait une gentille petite grimace en cul de poule à laquelle nul ne pouvait résister et vers qui couraient les baisers, comme les poussins à l'appel de leur mère. O la belle et accorte fille !

Les Dieux seraient de purs scélérats — mais, au fait, hélas ! qu'est-ce qui prouve le contraire ? — si une âme méchante avait été cachée dans un aussi séduisant étui, comme un couteau dans une gaine de fleurs. Mais ce crime ne doit pas être ajouté à ceux dont ils ont lassé la patience d'une humanité devenue athée par leur faute — car il ne tenait qu'à eux de se faire aimer en nous accablant de bienfaits, non de maux! — Margot, la grosse Margot était une excellente créature, très mal élevée, insuffisamment avare de ses charmes abondants, mais incapable d'une mauvaise action, scrupuleusement honnête en affaire comme le sont volontiers les courtisanes patentées, délicate même en matière d'argent, voire quelquefois désintéressée, ce qui lui avait permis d'être la Muse débonnaire des heures joyeuses de François Villon.

Un mot encore : elle adorait les toilettes tapageuses de couleur et n'avait pas sa pareille pour donner, quand elle surgissait, l'impression d'un gros perroquet aux ailes diaprées, s'abattant sur le rebord d'une fenêtre. Elle portait, d'ailleurs, avec une fierté sans mélange, le haulme professionnel et possédait les plus belles pierreries du quartier, à cela près qu'elles étaient toutes fausses. Mais elle désarmait si bien tout le monde par son incurable innocence que les juifs eux-mêmes ne prenaient pas la peine de la tromper. Après tout, elle était de celles qui, par leur beauté naturelle, donnent au verre l'éclat même du diamant. Mais c'était, tout de même, un curieux spectacle que celui de ce famélique littérateur engainé d'étoffes sombres comme un parapluie, à côté de cette ombrelle fleurie et bariolée, grande ouverte, et dont les plus belles couleurs étaient encore celles de la chair.

Or, il était cinq heures ce jour-là, et la place était fort animée. Les étudiants étaient descendus de la montagne sacrée, de ce studieux mont Aventin qui domine encore la Rome nouvelle, ayant conquis, en d'authentiques épreuves, leur brevet de clercs et très résolus à fêter, dans des flots de vin et de cervoise, avec de belles filles dans les bras, cette heureuse issue de leurs examens devant les docteurs. Ces jeunes scholiastes avaient mis tout le quartier en émoi.

Les haulmières étaient toutes sur leurs portes, et tout le monde interlope qui « guaignait cahin-caha sa pôvre et paillarde vie », suivant l'expression de Rabelais, dans ce carrefour, ou, du moins, y revenait manger le fruit de ses rapines, y faisait le plus sympathique accueil à l'espoir de la science française. Les tables avaient envahi jusqu'à la chaussée même, et débordaient, sur le pavé toujours gras, l'ombre des auvents quadrangulaires que soutenaient des piliers de bois déjà vermoulus aux sculptures incertaines, quelques figures d'animaux symboliques ou quelques images caricaturales en formant les chapiteaux.

Et c'était le commencement d'une bonne petite débauche préliminaire du souper pour lequel les « chaircuictiers » amoncelaient, à leur étal, toutes les saucisses de leurs boutiques, tels de gros chapelets aux grains monstrueux et savoureux; voici, en compagnie de ces victuailles, des boudins luisants, des tranches de hure, des godebilleaux, et autres gourmandises cochonnières dont les filles de joie se pourléchaient les doigts par avance, sachant bien qu'elles pouvaient compter sur la galanterie de la jeunesse française, en ce temps-là, pour en avoir leur part. — Peut-être seraient-elles moins tranquilles aujourd'hui ! — Et tout ce peuple chantait en heurtant, les uns aux autres, les gobelets d'étain :

Sous le bon roi Louis le Onzième
On vit heureux, on meurt pendu.
— Chacun son dû ! —
Et qu'importe pourvu qu'on aime !
Qaund d'aimer on a fait sa loi,
Le trépas est sans importance.
Bonjour, madame la potence,
Et vive notre excellent Roi !

Et, retirant leurs bonnets, avec des grimaces ironiques, tous, étudiants, clercs, escholiers et tire-laine saluaient la Potence toujours un peu penchée en avant, comme un chiffonnier qui cherche à piquer son butin.

Et c'était déjà une joie expansive autour des tables, les haulmières appelées de tous côtés, étant accourues de leurs seuils et s'étant assises, quelques-unes sur des bancs de bois où restait un peu de place, le plus grand nombre sur les genoux de ceux qui les avaient invitées. Les baisers couraient de visages en visages, de lèvres en lèvres, comme de jolis lézards dorés, entre les feuilles, au soleil d'août. Les bras s'enlaçaient comme les pampres en automne et les crus généreux d'Argenteuil et de Suresnes, dont Jules César faisait si grand cas, justifiaient le goût du grand conquérant en versant une extraordinaire gaîté dans toutes les poitrines.

— Et Villon?...

— Et la grosse Margot?...

Cette double interrogation, comme les baisers, fit le tour des convives.

— Ne les plaignez pas ! fit d'une voix déjà émue, la rousse Mathurine Mauvert dont les yeux étaient comme deux émeraudes liquides et la peau tachetée d'or fin comme un verre d'eau-de-vie de Dantzig ; c'était aujourd'hui le jour de congé à Margot et tous deux sont allés manger une friture sur les bords de la Bièvre, au « Cochon qui rame » chez le père l'Anguille. Villon va revenir avec des chansons plein la tête et Margot avec des fleurs de coucou plein les mains ! A la santé des amants fidèles !

Et la rousse Mathurine Mauvert leva son gobelet que le coude de son voisin renversa sur sa robe jaune d'or.

— Sale bourrique ! fit-elle en lui allongeant une giffle ; puis elle l'embrassa bien vite, en lui demandant pardon. Parbleu ! il lui paierait une robe neuve pareille et elle n'y penserait seulement plus ! Nous sommes vraiment en pleine idylle. Et les escholiers commencèrent à deviser de Villon, ceux-ci l'exhaltant comme un vrai poète et ceux-là le décriant comme un chansonnier de bas étage à qui ils reprochaient d'ailleurs l'indignité de sa vie.

C'est ainsi, qu'en toute occasion, l'humanité se divise sensiblement en gens de goût et en imbéciles. Comme toujours, les imbéciles étaient la majorité et beaucoup de ces fils de bourgeois conspuaient le pauvre grand homme. Au moins, eux, les tire-laine, les ruffians, les escarpes, les faux-monnayeurs, les filous étaient d'accord. Tous admiraient sincèrement leur harmonieux camarade et tout ce monde parlait, avec attendrissement, de sa liaison touchante avec Margot qui lui donnait tout son gain et adorait en être battue.

Tout à coup, et à un moment où la dispute, à son sujet, aurait fort bien pu s'engager, entre futurs médecins et chicanous et la population ordinaire du carrefour, de grands cris — Les voilà ! Les voilà ! retentirent autour des tables et des exclamations joyeuses, voire triomphales saluèrent l'entrée du couple si impatiemment attendu, puisque de robustes gas voulaient les soulever sur leurs épaules, comme nos premiers rois sur le pavois, histoire de tâter un peu les mollets de Margot lesquels avaient une grande et légitime renommée.

Mais Villon, qui, en ruffian délicat, entendait qu'elle fut à lui seul pendant tout son jour de congé, protestait et houssinait le visage des impatients avec de grands rameaux d'aubépine qu'il avait cueillis sur les rives de la Bièvre, au bord de l'eau chantante où, plus tard, les lumières des moulins mettaient d'artificielles cocardes à l'éparpillement d'argent clair parmi l'écume. Ç'avait été sa moisson virginale, à lui, le Poète, pendant que ce petit coin de paysage suburbain avait suffi à lui remplir la cervelle de vers d'amour et de douces plaintes à l'endroit de la destinée !

La grosse Margot, elle, rapportait une pleine brassée de coquelicots, de pivoines sauvages, d'anthémis, d'iris d'eau fauchés dans la plaine, à l'ombre tremblante des grands peupliers aux troncs d'argent. Dans son corsage elle avait piqué une fleur d'églantine dont elle semblait prendre un soin jaloux. Villon ne l'avait-il pas cueillie pour elle, dans la haie protectrice au pied de laquelle ils avaient si doucement dormi ensemble après avoir copieusement aimé? Car tout avait été idylle exquise, vraiment virgilienne, entre le poète et la haulmière ayant tous les deux oublié Paris dont le murmure leur était seulement, dans le vent léger, comme une mer lointaine ; et revivant ensemble, pendant quelques heures faites de la pitié du Destin, celui-ci le beau rêve que les poètes portent toujours sous leur front et dont la vie, comme le jour, dans le ciel, efface seulement les étoiles sans les éteindre ; celle-là ce frisson éperdu de nature que les belles filles ont gardé de leur enfance dans les villages, avant que la ville les happe

comme des proies, fait du murmure des eaux entre les hautes herbes, de la chanson du zéphyr entre les branchages légers, du bruissement des insectes dans le sillon et du bavardage des oiseaux dans les buissons, du vol des papillons passant entre les fleurs, de tout ce qui leur avait paru l'existence et l'était en effet, mieux que l'habitude factice où elles sont tombées.

Et ce fut vraiment comme s'ils rapportaient, sur leurs visages souriants, dans leurs habits, avec ces bouquets qu'ils tenaient dans leurs mains, un peu de cet air librement respiré, un peu de ces coins de paysages entrevus, un peu de ces musiques mystérieuses qui nous font quelquefois pleurer dans les bois, le parfum surtout de cette journée ensoleillée dans des prairies pleines de fleurs. Aussi fut-ce, à leur arrivée, comme un épanouissement sur tous les visages. On serrait les mains de Villon, comme s'il avait été absent toute une semaine, et les haulmières dont le jour de congé viendrait aussi bientôt, baisaient sur les joues fraîches de Margot, et par avance, la joie pareille qu'elles auraient au bras de leur amant. O les simples cœurs qui battent sous ces défroques de la honte!

Quelques escholiers s'étaient mêlés aux acclamateurs de Villon. Mais le plus grand nombre avait gardé le silence. Le Poète coucha sur une table son long bouquet d'aubépine fleuri, comme pour en prendre possession. Il s'assit ensuite lourdement, comme un homme qui n'est pas habitué à des courses dans les champs, et, amenant la grosse Margot sur ses genoux, il lui dit, d'une belle voix dont un peu d'air frais avait rajeuni le timbre, un beau sonnet qu'il avait composé pour elle, pendant qu'elle dormait, croyant qu'il dormait aussi. La grosse Margot pleurait d'attendrissement. Ses larmes copieuses roulaient dans son verre où elle continuait d'ailleurs à boire.

— C'est tout de même beau! fit un étudiant réfractaire qui avait écouté.

— Ce serait vraiment grand dommage qu'un tel homme eut du talent! avait répondu sentencieusement un jeune homme bilieux qui se destinait à la magistrature.

— A la santé du Roi! fit Villon en jetant son bonnet en l'air et en vidant son gobelet tout écumeux de cervoise. Et tous de reprendre, en chœur, la joyeuse chanson :

Sous le bon roi Louis le onzième,
On vit heureux, on meurt pendu,
Chacun son dû!
Et qu'importe, pourvu qu'on aime!
Quand d'aimer on a fait sa loi,
Le trépas est sans importance.
Bonjour, madame la Potence!
Et vive notre excellent roi!

— Tiens, mignon, fit le poète à un gamin qui lui était venu rouler dans les jambes, voilà un joli caillou que j'ai pris pour toi au bord de la rivière pour faire des ricochets dans les bassins. Il est coupant comme un couteau et luisant comme une agathe.

Polycarpe, — ainsi se nommait le gamin — remercia Villon et mit la pierre dans une façon de petit gousset de cuir qui servait d'arsenal à sa fronde. Car il était le plus adroit du monde à lancer un projectile, avec l'arme antique du jeune David, et jamais il ne manquait un pigeon en l'air ni un moineau sur un toit.

— Et voici pour toi, mignonnette, une petite croix du pèlerinage de Saint-Babolein, patron de Montrouge, fit Margot en passant au cou d'une fillette cette amulette chrétienne et en l'embrassant avec une ferveur presque maternelle.

— Allons! une chanson, Villon! cria la foule, et Villon, qui ne se faisait jamais prier, surtout quand il avait, toute fraîche dans la mémoire, quelque ballade pour sa mie, montait déjà sur une table, au milieu des applaudissements, quand des pas lourds, rythmiques et réguliers, sonnèrent dans la rue, avec un cliquetis de ferraille.

— Les archers du Roi!

— Qu'ils soient les bienvenus, dit Villon, s'ils aiment la musique.

Et, comme il voyait de plus loin que les autres, étant posé plus haut sur ses pieds, il ajouta :

— Tiens, c'est le prévôt Malitourne qui les commande, un de mes meilleurs amis ! Bonjour, prévôt Malitourne. Vous arrivez juste à temps.

Mais le prévôt qui commandait, monté sur un cheval gris, la petite troupe, et tenait un parchemin de la main droite, demeura glacial à l'invitation du poète. Son attitude réservée — il aimait à rire quelquefois comme un autre — jeta un froid dans la gaîté populaire, et qui eut regardé la belle Margot, à ce moment, eut vu qu'elle était pâle comme une morte. Villon continuait à rire largement, comme enchanté de cette visite ; mais un léger tremblement de ses jambes maigres, comme celui des roseaux au vent, trahissait bien qu'il lui fallait quelque effort pour faire bonne contenance.

— Puis-je commencer, monsieur le Prévôt? demanda-t-il d'un air qu'il tentait en vain de rendre communicatif et jovial.

— Tout à l'heure, fit le sieur Malitourne avec dignité. Mais auparavant j'ai à vous bailler lecture d'un document qui vous concerne.

— Le Roi Louis le onzième me nomme son poète ordinaire ? fit Villon en faisant claquer ses doigts en l'air comme un écolier.

— Il vous condamne à être pendu sur l'heure ! répondit froidement Malitourne.

Une rumeur violente d'indignation et de surprise douloureuse monta de la foule, en même temps que truands, tire-laine, revendeurs et quelques escholiers, s'empressaient autour de Villon pour le défendre. Mais, sur un signe de Malitourne, les archers avaient déjà dressé un rempart entre le populaire et le condamné que la grosse Margot étreignait dans ses bras en poussant des cris de bête affolée.

Un clairon jeta dans l'air quelques notes de cuivre, lugubres dans ce décor si joyeux un instant auparavant encore. Et, dans un silence lourd de tempêtes, le Prévôt lut tout haut l'arrêt qui condamnait Villon à être pendu partout où il serait rencontré, sans autre forme de jugement, pour avoir, après maintes récidives, dérobé un pourpoint dans la boutique du drapier Gentil-Bouzin, marchand du Roi.

— Hélas ! fit Villon, en montrant le sien que les aubépines des haies avaient étoilé en maints endroits, que ne se contente-t-il donc de le reprendre. Je ne l'ai que depuis deux jours, en ayant fait emplette, au meilleur prix que j'ai pu, — le seul d'ailleurs que je puisse en

donner, — pour être joli aujourd'hui et faire honneur à ma bonne amie.

— Qu'on le saisisse! fit froidement Malitourne. Nous n'aurons pas loin à aller.

Et, d'un geste narquois, il montrait la potence qui semblait se pencher plus encore en avant, pour happer sa proie.

— Nous ne voulons pas ! hurla la foule devenue menaçante.

— Chargez ces imbéciles ! fit le Prévôt, et — la tradition courtoise de la maréchaussée française étant en vigueur, dès ce temps-là — messieurs les archers commencèrent à bousculer rudement le public, ayant tiré leurs épées et cognant rude du pommeau, sans épargner d'ailleurs les femmes et les enfants, si bien que le petit Polycarpe eut un pied à moitié écrasé par le sergent Tetevuide. Et, dans cette première escarmouche, le tripier Chiffandouille eut la mâchoire fracassée, l'escholier Cornesac une épaule démise, l'hostelier Ventebedon une côte enfoncée, le truand Lantivesse un intestin perforé, le clerc Rodamour cinq dents sur le carreau, le marchand Pétaride une cheville brisée et le sonneur Cuminal le ventre mis en bouillie. Après quoi, force demeura à la loi et, cependant que deux hommes de Malitourne poussaient Villon vers la potence, un troisième lui passait galamment la corde au cou. Et, comme la potence, hors d'usage, menaçait de s'affaler sous le poids, cependant médiocre du patient, deux autres gaillards encore s'arc-boutèrent au pied et en rétablirent la verticale.

On avait arraché Margot d'après son amant, et il n'avait rien moins fallu que l'autorité de Malitourne pour empêcher le guet, toujours galant, de distribuer, à la pauvre fille, une bonne provision de bourrades policières, comme nos sergents de ville contemporains en ont si bien gardé le secret courtois.

Or, à ce moment, et tandis que Villon, pâle mais d'une intrépide tenue, invoquait peut-être, en son âme demeurée chrétienne, la bonne Déesse,

> « *A qui mortels doivent tous recourir*
> *Au sacrement qu'on adore à la messe.* »

superbe de douleur tragique et d'amoureuse impétuosité, Margot avait fendu le double rang des archers, et s'était venue jeter aux pieds de Malitourne descendu, lui-même de cheval, sa magnifique crinière toute en désordre et les seins nus, les mains discrètes des archers ayant arraché son corsage, le beau corsage qu'elle avait acheté pour cette heureuse journée !

— Grâce ! grâce pour lui ! criait-elle en déchirant, dans l'air, et en tordant ses belles mains paresseuses de courtisane. Et toutes les haulmières qui étaient sorties de leurs maisons d'ordinaire fermées par ordonnance du roi, toutes les escholières du travail amoureux qui, tout à l'heure, buvaient sur les genoux des jouvenceaux studieux, criaient avec elles : Grâce pour lui ! Et cette clameur de voix féminines, de son acuité douloureuse, semblait devoir déchirer les voiles de la nue pour monter jusqu'au trône du Dieu de toutes les miséricordes... Mais la justice humaine n'a pas de ces pitiés.

Cependant le prévôt Malitourne, du coin de son œil de milan déplumé — car il était chauve comme un œuf d'autruche — contemplait la belle chevelure dénouée de Margot et la rondeur majestueuse de ses seins haletant comme de belles vagues nacrées au clair argenté de la lune. La pauvre paillarde se tordait à ses genoux, le serrant de ses bras et couvrant de ses belles larmes les mains brunes et calleuses du pourvoyeur de gibets.

Tout à coup le sinistre drôle éclata d'un rire formidable.

— Et bien ! fit-il, la belle ! tu voudrais que je te rende ton amant ? Après tout je ne suis pas si mauvais diable qu'on le pense, et je me moque tout à fait que ce richard de Gentil-Bouzin ait un pourpoint de moins à sa devanture. Car c'est scandaleux les fortunes que font ces gens de négoce, tandis que nous, les serviteurs augustes de la loi, sommes si mal payés...

— Sauvez-le ! Malitourne ! Sauvez-le ! firent, en chœur, des voix où renaissait l'espérance. Vous avez raison. Ce Gentil-Bouzin est un vil usurier qui ruine les jeunes gens de famille ! C'est lui qui devrait être pendu !

— Rendez-le moi ! monsieur le Prévôt, rendez-le moi ! répétait Margot éperdue.

— Cela dépend de toi, la belle fille ! fit le Prévôt en la regardant, concupiscent comme un moine. Et d'abord, si tu veux que j'arrête un instant là les choses, pour prendre le temps de réfléchir, tu vas me donner un bon baiser!

— Bravo ! Bravo, Malitourne ! Vite ! Vite, Margot! telle fut la clameur joyeuse de la foule à qui la condition semblait modeste, étant donnée la façon dont Margot prodiguait d'ordinaire ses baisers.

Et Margot se relevait, les lèvres tendues.

— Holà ! Holà ! Margot, je te le défends ! fit une voix stridente, suppliante, étranglée par l'émotion. Et Villon hurlait : je te le défends ! je te le défends !

Margot, le regardant d'un air effaré, restait interdite.

— Alors cet imbécile préfère être pendu ! gouguenarda Malitourne avec son gros rire.

— Elle m'appartient pour toute la journée, n'est-ce pas, Franc-Mitou ? reprit le poète en s'adressant à l'immonde tenancier dont la belle Margot était la pensionnaire, et qui, debout devant sa porte basse, y donnait l'impression d'obésité d'un porc pendu à l'étal. Elle est à moi seul jusqu'à l'aube de demain et j'entends que nul n'y touche!

— François ! François ! mon doux Villon, aie pitié de toi-même, fit Margot au comble de l'angoisse, mais qui n'osait désobéir.

— Laisse-moi mourir, ma chère âme, reprit lyriquement le poète, dans le souvenir radieux de cette belle journée, dans la gloire de nos plus belles heures d'amour, dans le parfum des aubépines cueillies ensemble, aux buissons fraternels, dans le rêve où tu m'appartenais seule sous l'éternelle splendeur du firmament! Je suis comme un homme ayant gravi la plus haute colline de la Vie, si haute qu'il touchait presque les cieux ; si haute qu'il avait fait déjà plus de la moitié du chemin qui mène au Paradis des immortelles tendresses. Ne me force pas à la redescendre en me déchirant encore les pieds aux ronces humaines ! Laisse-moi plutôt m'envoler de ce sommet, sans que mon regard soit retombé sur les fanges de la terre, et pendant que je sens encore frémir à mes épaules, et prêtes à s'ouvrir, les ailes blanches qu'y avaient mises tes étreintes, en nos amours extasiées !

— Ah ! Ah ! Ah ! et Malitourne se tordait de rire, ajoutant.

– Il est fou ! le pauvre diable est fou ! C'est pitié de pendre un insensé de cette sorte ! C'est pourtant ce qui va lui arriver.

La foule, elle, était comme recueillie et vraiment émue par l'appel éloquent du poète bravant la mort. Et Margot, comme vaincue par une force mystérieuse, le regardait, inerte, avec une stupeur douloureuse et une admiration vague dans les yeux.

— Non ! non ! Margot, continua Villon, je ne veux pas que ce butor t'embrasse. Maintenant que mon âme s'est mêlée à la tienne, dans l'hymen lumineux des choses, j'aime mieux mourir que de voir cela. Un de tes baisers ! C'était hier, Margot, peu de choses encore et tous ceux qui les ont reçus n'ont vraiment rien eu de toi. Mais aujourd'hui, un baiser de toi, vois-tu, c'est pour moi l'infini et je ne veux pas qu'on me le vole. Un peu du ciel a passé entre nos lèvres unies. Tu ne le laisseras pas profaner sur les tiennes ! Ne me dis pas que demain il t'aurait bien fallu reprendre, après avoir eu au dos ces ailes frémissantes de lumière, l'ignoble manteau de ta vie d'autrefois, que tu serais redevenue celle que je croyais aimer !... Oui, je sais tout cela, Margot, et c'est peut-être pour cela que je préfère mourir !

— Une fois ! Deux fois ! Trois fois ! veux-tu m'embrasser, la belle, toi-même et de bonne volonté, car je pourrais t'y forcer...

— Pitié ! fit d'une voix mourante, Margot affolée ; vous voyez bien qu'il ne le veut pas.

— Eh ! bien ! tu m'embrasseras tout de même et il sera pendu ! hurla Malitourne hors de lui. Et, saisissant la belle Margot entre ses bras décharnés mais robustes, il écrasa son rude visage aux lèvres de la belle fille, ayant ramené une main derrière la tête de celle-ci et l'étouffant si bien que l'aspiration violente dont elle laissa se reprendre son souffle fit comme un vague bruit de baiser.

— Et bien ! cria Malitourne avec l'accent brutal du triomphe. A l'autre maintenant !

Et il tendit la dextre vers la potence, faisant signe à ses hommes d'accomplir leur sinistre devoir.

— Adieu, ma tant douce Margot, fit Villon, et prie pour moi la benoîte Vierge...

Il n'eut pas le temps d'en dire plus long. La corde se tendait sur un grincement du lourd anneau de fer, et le visage du poète se contractait, cependant qu'il s'élevait en l'air, en cette assomption cruelle, et qu'une grande malédiction de la foule entourait Malitourne aux pieds de qui gisait Margot inanimée.

Mais crac ! quelque chose vole en sifflant dans l'air et la corde coupée, un peu au-dessus de la tête du patient, laisse retomber sa proie convulsive. Villon roule à terre encore vivant. En même temps, on vit s'enfuir, en boitant, le long d'un toit voisin, un enfant. En frôlant une cheminée, il sembla qu'il y volât deux ailes de fumée blanche derrière lesquelles il disparut.

Etait-ce donc l'enfant divin Amour qui avait délivré, du vol d'une de ses flèches, le fervent amoureux de la belle Margot ? Moi qui suis demeuré païen à travers les âges, je le croirais volontiers, s'il n'eut été prouvé depuis que c'était tout simplement le jeune Polycarpe qui, armé de sa fronde, avait si adroitement lancé la pierre coupante, et luisante comme une agathe, que lui avait rapportée Villon des bords fleuris de la Bièvre.

Comme celui-ci, tout meurtri de sa chute et, peut être, malgré sa bravoure, un peu ému de sa fausse entrée dans l'éternité, se relevait à grand'peine, Margot, réveillée par le grand cri populaire, ayant bondi jusqu'à lui et le serrant éperdument dans ses bras, le prévôt Malitourne, furieux, ordonna aux archers de le reprendre puis de le pendre, cette fois-ci, avec une corde neuve. Mais la fureur de la foule était à son comble, et les escholiers eux-mêmes, faisaient cette fois-ci cause commune avec les amis du poète.

Profitant du désarroi où cet évènement inattendu avait jeté la force armée, tous, bousculant les archers et leur arrachant leurs armes, se ruèrent à la délivrance du prisonnier. Ce fut une seconde bataille autrement violente que la première, où le sergent Noirfessier eut le nez coupé au ras du front, où l'archer Lalouffe eut le genou droit fendu comme une bûche, pendant que son camarade Bitolet avalait un setier de poussière, et que son compagnon Bistrouille perdait une oreille d'un coup d'estoc. Les hommes d'armes Puceleau et Ladringue furent également fort éprouvés. Mais tous les blessés ne furent pas, hélas ! de l'injuste côté de la Loi. En ce second combat, l'escholier Gorjibus perdit toute chance de devenir père, le boulanger Belestrong eut un œil crevé, le tire-laine Petrouminel et le bon buveur Leroupet laissèrent des membres, et non des moins utiles, sur le carreau. Mais force demeura à l'Amour, et les archers ayant été honteusement chassés du carrefour, cependant que Malitourne menaçait le populaire des plus effroyables vengeances, une clameur enthousiaste saluait Villon et Margot, dans les bras l'un de l'autre, le vin coulait à flot dans les gobelets d'étain, la grande apothéose du couchant incendiait d'or les cimes montueuses des toits, glissant entre les maisons d'obliques filets d'or qui se venaient écraser, en un jet lumineux, aux pavés pointus de la place, cependant que tous avaient repris le populaire refrain :

Sous le bon Roi Louis le onzième,
On vit heureux, on meurt pendu,
— Chacun son dû ! —
Et qu'importe pourvu qu'on aime.
Quand d'aimer on a fait sa loi,
Le trépas est sans importance.
Bonjour, madame la potence,
Et vive notre excellent Roi !

VI

AGUIVARNA

Une très douce odeur de santal, en caressant les narines du dormeur, l'emplit d'un voluptueux bien-être, et, dans ce demi-jour que tamisent les paupières en les teignant intérieurement de rose, sans que nos yeux s'ouvrent pour cela, les cils bordant d'une ombre mourante cette indécise clarté :

— Où m'emportes-tu ? demanda-t-il très bas à la charmeresse.

— Au vrai pays de l'Amour, répondit la voix chantante de Pasiphaë, dans l'Inde, immortelle Patrie des sensuelles tendresses que ne trouble et ne corrompt aucun levain de cruauté ; au pays où les amants épuisent, au cœur des lotus sacrés, comme au fond d'immenses coupes, le vin des plaisirs mortels dont aucune goutte de sang n'a altéré la saveur.

— Quel est ce chant divin qui monte d'un grand fleuve, redit par d'innombrables voix et qui se marie au frémissement matinal du feuillage ?

— C'est l'Hymne à Kama, au Dieu des liaisons charnelles, dont la puissance domine celle de tous les autres Dieux. Regarde ! Entre les îles que rejoignent, par places, de longs archipels de nénuphars dont les larges feuilles vertes semblent des boucliers d'émeraude se dressant au-dessus d'une invisible armée, le groupe ailé des Péris aux ailes de gaze ouvertes pareil à un vol de libellules, circule avec cet hymne sacré s'égrénant au corail de leurs lèvres ; sur les rives, de belles filles aux yeux allongés comme des amandes, à la croupe sinueuse comme celle de beaux reptiles, et dont chaque tressaillement est une tentation pour la chair en accentuent la voluptueuse mélodie; et sur la montagne voisine, les Brahmanes en longues robes blanches, les mains élevées dans l'air en répètent les versets sacrés. Les bêtes familières, elles-mêmes, les grands cerfs domestiques aux forêts vivantes pour coiffures, semblent rythmer, des mouvements lascifs de leurs corps, ces paroles où la source de toute joie humaine est invoquée. C'est l'heure où les premiers pétales de l'Orient s'envolent en petites nuées, emportés par le souffle des Dieux. Mais ce que saluent ces sages, et ces belles vierges et ces charmants esprits ailés, ce n'est pas la Lumière qui renaît, mais l'Amour que berçait délicieusement la Nuit et dont le Jour renouvelle les désirs immortels. Car les yeux qui nous révèlent la Beauté, dans les nobles transports de l'ivresse à deux, apportent un complément de félicité à nos sens déjà charmés par tant de merveilles.

— Ne pouvons-nous suivre sur le fleuve bleu cette barque toute fleurie où des chanteurs exhalent leur prière vers Kama ?

— Certes. Rendors toi sur le flot qui nous caresse et écoute pieusement l'hymne à l'éternelle Volupté.

« Quelle est cette divinité puissante qui, des bocages situés à l'orient d'Agra, s'élance dans les airs où se répand la lumière la plus pure, tandis que, de toutes parts, les tiges languissantes des fleurs ranimées aux premiers rayons du soleil, s'entrelacent en berceaux, doux asiles de l'harmonie, et que les zéphyrs légers leur dérobent en se jouant, leur plus ravissant parfum ?

« Salut ! puissance inconnue ! Car, au seul signe de ta tête gracieuse, les vallées et les bois s'empressent de livrer à l'air leurs secrets odorants, et chaque fleur épanouie suspend, en souriant, à ses tresses de musc, les perles éclatantes de la rosée.

« Je sens, oui je sens ton feu divin pénétrer mon corps; je t'adore et je baise, avec transport, tes autels !

« Et pourrais-tu me méconnaître ?

« Non ! Fils de Mayâ, je connais les flèches armées de fleurs, la canne redoutable qui compose ton arc, ton étendard où brillent les écailles nacrées, ton armure mystérieuse.

« J'ai senti toutes tes peines, j'ai savouré tous tes plaisirs.

« Tout puissant Kâmâ, ou, si tu préfères, éclatant Sanara, Ananaya majestueux !

« Quel que soit le siège de ta gloire, sous tel nom que l'on t'invoque, les mers, la terre et l'air proclament ta puissance ; tous t'apportent leur tribut ; tous reconnaissent, en Toi, le roi de l'univers.

« Ta jeune compagne, la Volupté, sourit à ton côté. Elle est à peine voilée de sa robe éclatante.

« A sa suite, douze jeunes filles, à la taille charmante, élancée, s'avancent avec grâce ; leurs doigts délicats se promènent avec légèreté sur des cordes d'or, et leurs bras arrondis s'entrelacent dans une ronde voluptueuse.

« Sur leurs cous élégants, elles disposent des perles plus brillantes que les pleurs de l'Aurore.

« Ton étendard de pourpre, ondoyant devant elles, fait étinceler dans la voûte azurée des cieux des astres nouveaux.

« Dieu aux flèches fleuries, à l'arc plein de douceur, délices de la terre et des cieux ! Ton compagnon inséparable, nommé Vasanta chez les Dieux, aimable Printemps sur la terre, étend sous tes pieds délicats un doux et tendre tapis de verdure, élève sur les têtes enfantines des arceaux impénétrables aux feux brûlants du Midi. C'est lui qui, pour te rafraîchir, fait descendre des nuages une rosée de parfums, qui remplit de flèches nouvelles ton carquois rendu plus redoutable, présent bien cher d'un ami plus cher encore !

« A son ordre, doux et caressant, mille oiseaux amoureux, par le charme ravissant de leurs tendres ondulations, arrachent à ses liens la fleur encore captive.

« Sa main amicale courbe avec adresse la canne savoureuse, y dispose pour corde, une guirlande d'abeilles dont le miel parfumé est si doux, mais dont l'aiguillon cause, hélas ! de si vives douleurs !

« C'est encore lui qui arme la pointe acérée de tes traits qui jamais ne reposent et blessent, par tous les sens, le cœur et y portent le délires des cinq fleurs.

« Le Tchampaca pénétrant semblable à l'air parfumé.

« Le chaud Avuroa rempli d'une essence céleste.

« Le desséchant Kessara au feuillage argenté.

« Le brûlant Kétaça qui jette le trouble dans les sens.

« L'éclatant Bilva qui verse, dans les veines, une ardeur savoureuse.

« Quel mortel pourrait résister à ton pouvoir lorsque Krischna lui-même est ton esclave ? Krischna qui, sans cesse abreuvé de délices, dans les plaines fortunées de Mathoura, fait résonner, sous ses doigts divins, la flûte pastorale et, aux accords mélodieux d'une céleste harmonie, forme avec le chœur des Gopis éprises de ses charmes, des danses voluptueuses à l'auguste clarté de Lunus, le mystérieux flambeau des nuits.

« O toi, Dieu charmant dont la naissance a précédé la création et dont la jeunesse est éternelle ! Que le chant de ton Brahmane asservi à tes lois puisse à jamais retentir sur les bords sacrés du Gange ! Et, à l'heure où ton oiseau favori, déployant ses ailes d'émeraude, te fait franchir l'espace dans son vol rapide, lorsqu'au milieu de la nuit silencieuse, les rayons tremblants de Ma (la lune) glissent sur les retraits mystérieux des amants favorisés ou malheureux, que ta plus douce influence soit le partage de ton chantre dévoué, et que, sans se consumer, ton feu divin échauffe voluptueusement son cœur ! » (1).

Cependant que le chant sacré s'exhalait sur le fleuve et ses rives, l'Aurore ayant consumé sa robe rose dans le brasier d'or allumé au bord

(1) Traduit de l'hindou par M. Chézy.

du ciel, — telle la jeune veuve qui meurt sur le bûcher de l'époux, — les brahmanes qui étaient sur la montagne se groupèrent et formèrent un cortège qui se dirigea vers un magnifique mausolée où brûlaient des lampes éternelles. C'était là que reposait le roi Aguivarna, le bien-aimé de Kama, révéré à l'égal d'un demi-Dieu par tous ceux qui avaient le culte fervent de l'Amour.

Et la vie de cet admirable Roi est assurément la plus belle légende de volupté qui soit dans l'humanité tout entière, si bien que Pasiphaë résolut de la faire revivre à l'amant que la pitié d'un rêve avait couché dans ses bras tièdes et parfumés.

Aguivarna était, dès sa jeunesse, célèbre par sa beauté, une beauté d'éphèbe d'abord aux gracilités inquiétantes mais toutefois déjà viriles — car l'exercice avait pétri son corps à l'image des formes où la force a planté sa sève ; — puis une majesté douce, résidait dans la régularité parfaite de ses traits qu'encadrait une admirable barbe noire, dans la douceur ferme de son regard qui ne fuyait jamais, mais s'imposait par un charme magnétique, dans la splendeur à peine ambrée de son teint où la lune avait laissé comme des reflets d'argent nocturne, dans la fierté nonchalante de son allure où se sentait l'orgueil des races anciennes amorties par la lassitude des siècles.

Il avait commencé par être un guerrier vaillant, un conquérant redouté mais humain et juste, en prince aimé de son peuple et qu'admiraient ses voisins — tel l'image d'Alexandre le Macédonien que nous ont laissée les livres grecs — quand la fantaisie le prit d'abandonner à ses ministres les rênes du gouvernement, et à ses généraux le noble souci de la victoire, pour se livrer tout entier à la volupté et aux femmes qui en possèdent les dangereux et sublimes secrets.

Dans son palais transformé en une immense salle de bal et de festins, il ne pensait plus qu'au véritable but de la vie, celui de plaire aux femmes et de leur donner son être tout entier. Pour que rien ne le put distraire de ce suprême souci, il avait accumulé, dans l'ornementation de cette demeure royale où ses aïeux avaient laissé un souvenir de gloire et de vertu, toutes les fantaisies décoratives qui peuvent exciter les sens, par des images suggestives et voluptueuses. Mais non pas avec la licence grossière d'un libertin sans art. Tout au contraire, il avait déployé les merveilles d'un goût parfait à cette évocation de tout ce qui chante, autour de nous, l'hymne immortel du Désir.

Ses jardins, en particulier, dépassaient de beaucoup, en splendeur, la miraculeuse mémoire de ceux de Sémiramis.

« Il avait des étangs remplis de fleurs de Lotus, nous dit la légende hindoue, que ses folâtres concubines faisaient trembler des palpitations de leurs seins dressés comme des piques ; des cachettes pour la volupté s'y dérobaient sous les fleurs. »

Et, tout embrasé d'amour, Aguivarna se précipitait dans ces eaux vivantes où tous ses mouvements rencontraient, amortis par la caresse du flot, des corps gracieux et lascifs lui tendant leurs caresses. Puis, après ce bain délicieux, ressemblant si peu aux infâmes plaisirs que Tibère goûtait dans les eaux bleues de Capri, il regagnait la rive avec une de ses compagnes et l'enmenait dans quelque bosquet où il lui offrait quelque liqueur reconfortante et parfumée. Après quoi, il l'étendait doucement sur son sein et s'énivrait de sa voix douce, cependant que ses doigts, à lui, caressaient les cordes d'or d'une lyre qui ne le quittait jamais.

Car ce débauché admirable était, en même temps, un grand artiste. Il était également habile à faire résonner la lyre, à frapper rythmiquement le tambourin et à secouer, en cadence, au-dessus de sa tête, des bracelets mêlés avec des guirlandes, mariant les odeurs et les sons, suivant le rêve éternel du Poète. Et tel était le charme de sa voix, que les danseuses, chargées de le distraire, en oubliaient leurs pas et leurs pantomimes pour l'écouter chanter le Dieu qu'il servait si bien, l'Amour !

« Alors, dit encore le conte indien, joyeux de leur propre joie, il mangeait de baisers leurs visages et soufflait sur leurs bouches le vent amoureux de ses lèvres. »

Jamais prince oublia-t-il les inutiles soucis de la politique en de plus aimables distractions ? Et je parierai que, dans l'atmosphère de tendresse qui rayonnait de son rêve royal, jamais peuple ne fut plus heureux que le sein.

Tous les raffinements exquis que comporte le ménage habituel des amoureux, et qu'a si bien décrits le poète latin Ovide, étaient pour lui chose familière. Il connaissait la douceur de redevenir, aux mains jalouses de ses maîtresses, un petit enfant timide.

« Bien souvent, nous conte encore son authentique histoire, ses amantes qu'il avait trompées, le liaient en punition avec leurs ceintures, le menaçant de leur doigt rose, le châtiant d'un regard courroucé et d'un froncement de leurs sourcils. »

O les délicieuses puérilités où se plaisait cette âme de libertin innocent et doux !

Il avait le culte passionné de tout ce qui touche à la femme, au point que les détails mêmes de la toilette de celle-ci ne lui paraissaient pas indignes d'occuper le souci d'un roi. Volontairement et, en toutes circonstances, il se faisait son esclave, lui, le maître. D'exquises domesticités le rapprochaient encore d'elle et il aimait s'humilier devant l'immortelle image de la Beauté. Aussi prenait-il un plaisir tout particulier à prendre soin lui-même, des pieds de ses maîtresses, polissant, de ses propres ongles royaux, le corail nacré de leurs ongles charmants.

« Mais c'était, ajoute son scholiaste, pour admirer, à son aise ces pieds charmants et tout ce que laissaient entrevoir, en cet abandon, des ceintures relâchées avec des robes mal attachées. »

Parfois, ses amoureuses, qui ne se lassaient pas de plaire à un amoureux aussi accompli et tournaient leur jalousie elle-même au service de leur tendresse pour lui, connaissant à merveille le fond de cette âme de cristal qui ne reflétait, du ciel et de la terre, que la douceur des caresses et la saveur des baisers, feignaient de lui opposer quelque résistance, retenant de leurs mains ivoirines la ceinture qu'il voulait dénouer, où se détournaient des lèvres dont il cherchait les leurs pour mendier son salaire. Mais ce n'était qu'une huile jetée sur le feu des désirs de cet infatigable affolé de volupté.

Quand la nuit descendait sur le palais à ciel ouvert, en rayant le parvis de grandes ombres bleues au clair de la lune, le parvis tout couvert de fleurs effeuillées et où flottait encore l'haleine vague des vins

savoureux, sur une couche immense et que peuplait son caprice, — à l'heure où il lui fallait bien permettre au sommeil de lui voler un peu de plaisir, — harassées de volupté, ses épouses aux chevelures dénouées s'endormaient sur sa vaste poitrine d'où leurs seins fermes et potelés effaçaient l'onguent du santal. Mais que, dans un rêve, il prononçât le nom d'une rivale et c'était, tout autour de lui, un gémissement étouffé, un collier de pleurs furtifs et jaloux qui s'égrénait sur la bordure des superbes tapisseries, un tressaillement convulsif de toutes ces belles chairs piquées du même aiguillon et qui s'agitaient, presque douloureuses, sur ce lit de volupté.

Car, malgré tout ce qu'on a pu écrire sur l'ingratitude originelle de la Femme, il est rare que l'homme qui l'aime vraiment, avec cet oubli passionné de soi-même, avec cette fureur cruelle à sa propre vie, avec cette farouche et meurtrière sincérité, n'en soit pas aimé, soi-même, en retour. Et puis, à travers les orgies où se consumait entièrement sa vie, sans que rien trahit encore au dehors les dégâts de ce feu intérieur toujours flambant dans l'ombre, Aguivarna était demeuré admirablement beau, portant ce noble sceau des fatalités sensuelles qui marque les élus de l'amour et leur donne une très particulière beauté.

Il n'est donc pas étonnant qu'il fut vraiment adoré de toutes ses épouses. Celles à qui il refusait — ô le rare châtiment! — le nocturne rendez-vous dont les clartés blanches de la lune baignait sa couche royale, étaient comme de plaintives exilées et promenaient leur inguérissable tristesse sous les portiques encore enguirlandés de fleurs mourantes et mélancoliques comme elles.

Voici maintenant que le char d'or du soleil montait à torrent dans un grand éblouissement de flèches d'or s'enfonçant dans la nue. Celles-ci venaient rejaillir jusque sur l'immense lit nuptial, mettant un feston rose dans les paupières, et rien n'était plus beau que le spectacle de tous ces beaux corps encore enlacés dont les douceurs du sommeil avaient retrempé l'idéal et la souplesse. Ce réveil était comparable à celui des nids joyeux au printemps. Il était fait de doux regards, de sourires à la vie et de muets saluts à la lumière qui allait rouvrir à l'Amour la porte un instant fermée. Regards et sourires et saluts s'en allaient au Bien-aimé toujours triomphant dans ce cortège au repos.

« Quand il se levait de sa couche, disent les livres sacrés où son aventure est répétée, ses amantes, enlaçant son cou de leurs bras, prenant de la plante de leurs pieds les pointes de ses pieds, se faisaient donner le baiser d'adieu. » Et ils ajoutent :

« Sa couche, jaune de sandal, rouge de laque, remplie de ceintures brisées et de bouquets déliés, attestait ses vaillances d'amant. »

Était-ce quelques épines se glissant parmi cet admirable bouquet de roses? N'était-ce pas plutôt un ragoût de plus dont il excitait encore son désir qu'on eut dit impatient de la Mort? Mais dans ce beau ciel azuré, traversé d'étoiles amoureuses, dont il avait fait sa vie, on eut dit que quelques images passaient et mettaient comme une ombre dans cette tranquille et délicieuse clarté. Était-ce un reste de la fatalité qui pèse sur tous les hommes, même les plus heureux, ou simplement, de sa part un raffinement de volupté? Il n'avait pas plutôt quitté ce lit témoin de si douces ivresses que toutes ses épouses délaissées de la veille, celles qui n'y avaient pas dormi dans ses bras, le poursuivaient de leurs plaintes et de leurs reproches. Les cheveux en désordre, meurtrissant leurs beaux seins nus avec désespoir, elles emplissaient l'air de leur colère et de leurs gémissements, lui rappelant les tendresses oubliées et les bonheurs méconnus.

Le doux Aguivarna se gardait bien de tenir tête à leur furie. Par de douces paroles il tentait de les apaiser, leur promettant d'admirables revanches, leur jurant qu'il n'avait pas cessé de les aimer. Mais elles lui en demandaient la preuve et parfois son embarras ne faisait que raviver leur fureur. Alors il prétextait quelque raison de les quitter, une grave affaire de l'État, un ami qui avait besoin de ses services. Mais elles n'étaient pas sa dupe et elles avaient raison.

Car, nous affirme le *Kama-Soutra*, il n'avait pas plutôt réussi à leur échapper, Orphée dépistant les Ménades, qu'il gagnait vivement la campagne, et s'allait baigner dans l'air pur tout frémissant des aromes régénérateurs du Printemps matinal. Mais ce n'était pas pour y admirer l'auguste réveil des choses dans le renouveau divin de la lumière. Des confidentes, qui avaient été autrefois ses maîtresses, le guidaient vers des berceaux mystérieux tout enlacés de lianes sauvages où chantaient des oiseaux aux couleurs éclatantes. Et là, sur des lits de fleurs champêtres, non plus sous de somptueux rideaux, l'attendait quelque belle fille de la nature, non plus savante en amour comme les courtisanes, mais ingénue dans la fleur rustique et vigoureuse de sa jeunesse et de sa beauté. Et celle-là apportait, à ses chairs rassasiées, l'impression de chairs jeunes et immaculées, un renouveau de caresses non apprises, dont la maladresse délicieuse comblait son cœur ingénu de joie.

De roi puissant dont le trône est entouré de toutes les félicités, il redevenait pareil au pasteur qui promène ses idylles dans la sérénité des champs, et il trouvait un bien-être infini à se confondre dans l'universelle tendresse des choses, simple atome parmi tous ces atomes tournant au souffle infatigable de l'Amour.

Quand quelque lassitude lui venait d'une nuit trop bien occupée, il passait la suivante sur une terrasse de son palais, au clair argenté de la lune dont la chaste lumière repose des fatigues divines de la volupté. Mais il n'en écartait pas pour cela le cortège de ses femmes qui, par des chants très doux, par des danses à peine lascives, juste assez pour émoustiller ses désirs volontiers languissants, le maintenaient dans cette atmosphère de baisers et de douces étreintes dont il avait résolu de fermer, comme d'un voile exquis et toujours frémissant, l'horizon de ses jours. Et la nuit se passait ainsi, dans l'étincellement des ceintures d'or que ses compagnes faisaient scintiller dans l'ombre « lumineuses et gazouillantes », dit le texte sacré, et le grisant des vapeurs bleues de l'encens et de l'aloès qui brûlaient dans des cassolettes enrichies de gemmes.

Ce prince fortuné en tout, qui avait su vaincre tous ses voisins et avait sagement dédaigné de se vaincre soi-même, ne devait pas connaître les tristesses de la vieillesse et le chagrin de se survivre en une existence amoindrie, et pareille à un rameau défleuri qui ne garde que quelques feuilles inutiles en automne. En pleine vigueur, sans que l'âge l'eût dompté dans ce qu'il avait de plus cher, il se sentit atteint d'un mal qui ne pardonne pas, mais qui, au contraire de ceux qui nous anéantissent, avive encore les tendres impatiences du plaisir.

Mais il ne voulut pas de l'aide des médecins et n'accepta d'autres soins que ceux de ses amantes qui hâtèrent délicieusement sa fin. « Frappé mortellement dans leurs bras, il voulut y mourir », dit le conteur hindou.

— Heureux ceux qui s'éteignent en ce doux anéantissement de soi-même, comme une lampe dont des souffles embaumés auraient lentement bu l'huile, comme une fleur dont les sucs ont été aspirés par des lèvres caressantes, comme un martyr dont de délicieux bourreaux ont savouré le sang jusqu'à la dernière goutte !

Ainsi, murmura, dans la douceur de son rêve, celui que Pasiphaë berçait doucement dans ses bras en l'entraînant dans cette vision voluptueuse.

Elle le conduisit jusqu'au tertre sacré où reposait le divin Aguivarna honoré comme un Dieu. Les Brahmanes, dans leurs longues robes blanches redirent l'hymne que le poëte populaire lui avait consacré et les vierges, en troupeau lilial dont un souffle léger balançait les têtes recueillies, passèrent, inclinant de grands rameaux d'or vers la sépulture de celui qui avait tant aimé.

Puis les maîtresses suivirent, et les épouses, et les amantes, et les vieillards de la cité prochaine et les jeunes gens au corps exercé par de viriles fatigues et, quand la nuit fut venue, Aguivarna fut enfin fêté comme le méritait sa douce mémoire, par une grande mêlée d'amour, entre tous ces admirateurs de sa sagesse, si bien que le gémissement des étreintes amoureuses et le murmure divin des baisers, roulèrent, comme un zéphyr, sur le grand fleuve bleu où descendait un croissant de lune semblant faucher, de sa serpe d'argent, une moisson d'azur.

Tout à coup, une rumeur d'admiration monta de cette foule qui mêlait des cris de plaisir à la ferveur des embrassements, en même temps que celle-ci se fendait comme une étoffe épaisse qu'on déchire, ou comme un tronc d'arbre que mord le fer implacable du bûcheron. Les rangs s'écartèrent et tous s'inclinèrent devant celle qui, d'un pas majestueux, descendait vers le Gange, dans la splendeur de sa beauté complètement nue. Tous les adorateurs d'Aguivarna venaient de reconnaître une *Padmini*, la femme Lotus qui dans l'esthétique indienne représente la perfection même de la beauté plastique et dont la description d'un grand poète nous a laissé ce portrait :

« Elle était belle comme un bouton de Lotus : comme Rathi (la volupté), sa taille svelte contraste heureusement avec l'ampleur magnifique de ses flancs ; elle a le port du cygne ; elle marche doucement et avec grâce.

« Son corps souple et élégant a le parfum du santal ; il est naturellement droit et élancé comme l'arbre de conchia, lustré comme la tige du bouleau.

« Sa peau lisse, tendre, est douce au toucher comme la trompe d'un jeune éléphant ; elle a la couleur de l'or et étincelle comme l'éclair.

« Sa voix est le chant du kolika mâle charmant sa femelle ; sa parole est de l'ambroisie.

« Sa sueur a l'odeur du musc ; elle exhale naturellement plus de parfums qu'aucune autre femme ; l'abeille la suit comme une fleur au doux parfum du miel.

« Ses cheveux soyeux, longs et bouclés, odorants par eux-mêmes, noirs comme les abeilles, encadrent délicieusement son visage semblable, au disque de la pleine lune et retombent, en torsades de jais, sur ses riches épaules.

« Son front est pur ; ses sourcils bien arqués sont deux croissants ; légèrement agités par l'émotion ils l'emportent sur l'arc de Kama. »

« Ses yeux bien fendus sont brillants, doux et timides comme ceux de la gazelle et rouges aux coins. Aussi noirs que la nuit au fond de leurs orbites, leurs prunelles étincellent comme des étoiles dans un ciel sombre. Ses cils longs et soyeux donnent à ses regards une douceur qui fascine.

« Son nez pareil au bouton du Sezame est droit, puis s'arrondit comme un bec de perroquet.

« Ses lèvres voluptueuses sont roses comme un bouton de fleur qui s'épanouit, ou rouges comme les fruits du bimba et le corail.

« Son cou rond et poli ressemble à une tour d'or pur. Ses épaules s'y joignent par de fines attaches, ainsi qu'à ses bras bien modelés, semblables à la tige du manguier et qui se terminent par deux mains délicates, pareilles chacune à un rameau de l'arbre Açoka.

« Ses seins amples et fermes ressemblent aux fruits du velva ; ils se dressent comme deux coupes d'or renversées et surmontées du bouton de la fleur du grenadier.

« Ses reins bien cambrés ont la souplesse du serpent ; ils se fendent harmonieusement avec ses fesses et ses larges hanches qui ressemblent au corsage de la colombe verte.

« Son torse pur et délicatement arrondi laisse apercevoir un ombilic profond et luisant comme une baie mûre. Trois plis gracieux s'accusent, comme une couture au-dessus de la taille.

« . . . .

« Ses pieds petits et mignons se joignent finement à ses jambes, on dirait deux lotus..... ».

Cette admirable image dont les principaux traits sont ceux de la Beauté grecque et, en particulier, font penser à la Vénus Callopyge justifiait bien le souffle d'admiration qui s'exhalait autour de la *Padmini* et mettait sur sa route comme un parfum d'encens ou de cinname montant, non pas d'inutiles et somptueuses cassolettes, mais des cœurs mêmes ravis par cet éblouissement de la Beauté parfaite.

La *Padmini* recueillait ces hommages avec une fierté délicieusement inconsciente, à la façon d'une idole subitement animée, et à qui rien ne semblerait plus naturel au monde que le culte dont elle est l'objet. Sur sa route, on eût dit que les fleurs déjà mouillées de rosée, s'inclinaient et les nénuphars de la rive avaient comme un tressaillement fraternel. Car ils sont frères lointains du divin lotus. Quand son joli pied blanc toucha l'eau frémissante, ce fut comme si des anneaux d'argent, s'agrandissant à mesure qu'ils tombaient, descendaient le long de ses chevilles fines jusqu'au toucher de l'onde. Puis ce fut le reflet de son corps tout entier, doucement teinté de violet tendre par le rayonnement de la lune, que projeta son fantôme harmonieux que semblaient garder jalousement, comme des sentinelles, les grands joncs aux piques dressées sur la surface argentée du fleuve.

Pasiphaë sentit tressaillir le corps du dormeur dans ses bras. Il l'entrainait doucement, dirigeant maintenant soi-même son rêve comme une barque dont il aurait ressaisi l'aviron, vers cette admirable créature. Mais doucement de son bras ramené sous sa tête, elle le détourna de cette tentation inutile. Car la *Padmini* n'est pas faite pour les amours infidèles. Car le poète qui a si bien décrit ses charmes conclut par ce décevant propos :

« Le Dieu d'amour trouverait un superbe plaisir à reposer près d'elle. Mais son affection pour son époux est extrême et elle n'aura pour aucun autre une pareille tendresse. »

Très sagement, Pasiphaë pensa qu'une heureuse diversion dans le monde des bayadères serait le meilleur remède à cette déception. De celles-ci les Brahmanes ont dit : « Le commerce avec une bayadère est une vertu qui efface les péchés. » Heureux pays où l'on est si agréablement vertueux et où rien ne rappelle aux croyants l'ascétisme de

nos anachorètes! Avec quelque étonnement, à ce tableau voluptueux du Gange au clair de la lune et d'un peuple honorant, par une grande

chevauchée d'amour, un Roi dont l'Amour avait été le seul souci, succéda donc le décor, non moins admirable, mais d'un religieux apparat, d'une Pagode magnifique où brûlaient des parfums, où des chants sacrés célébraient un Dieu. Les étrangers venaient en foule et les Brahmanes leur faisaient les honneurs du temple avec une hospitalité charmante, sinon désintéressée. Car, comme nos prêtres, ils vendaient de petites images et des façons de talismans, vénérables et onctueux dans ce négoce, habiles d'ailleurs comme pas un à reconnaître les monnaies hors de cours.

Après une promenade au milieu de merveilles, les bayadères furent introduites, celles dont le commerce, bien autrement aimable, ouvre, de plus, au moral comme au figuré, le royaume des Cieux.

Elles portaient des ceintures d'or, des bijoux en or au-dessus de la tête, des anneaux aux oreilles, aux bras et aux pieds dont le cliquetis accompagnait leurs moindres mouvements. Que leur danse eut pour but principal de charmer Brahma, leur présence en ce lieu saint ne permettait pas d'en douter. Mais qu'elle eut, comme objet secondaire, d'initier aux désirs sensuels ceux qui assistaient à leurs ébats chorégraphiques, c'est ce qui ne paraissait pas moins clair. Leur pantomime toutefois, qu'accompagnait un orchestre de huit musiciens, n'avait rien des déhanchements odieux dont les danseuses Arabes offrent la convulsion abdominale aux regards des spectateurs.

Infiniment plus discrète dans les poses, leur danse n'en disait pas moins très nettement ce qu'elle voulait dire et c'était bien les différentes phases d'une lutte amoureuse qui y étaient représentées, mais empreinte de cette délicatesse native qu'apportent les Hindous à toutes les choses de la tendresse. La plus habile exécutait une façon de solo qu'encourageaient ses compagnes, un peu comme dans les danses des flamencas espagnoles, mais avec un caractère de retenue bien autrement voluptueux. Elle y répondait à de muets aveux par des encouragements presque pudiques, avivant la tentation dont elle se sentait l'objet par de chastes caprices qui augmentaient encore le prix des faveurs promises.

Sans avoir la structure admirable de la *Padmini*, elle offrait aux regards un type de beauté féminine très suffisant, avec des reliefs d'une majesté harmonieuse, laquelle ne nuisait pas toutefois à sa légèreté et à sa souplesse. Et son corps jeune avait des ondulations charmantes, comme les mouvements d'une vague sur laquelle aimerait à voguer longtemps l'amoureuse fantaisie, tantôt bercée, tantôt doucement heurtée, les mouvements de la vague d'où venait de s'enfuir, dans un grand ruissellement de perles et en y laissant encore son image, le spectre immortel de Vénus.

La danseuse eut le plus vif succès et les étrangers se montrèrent généreux. Mais avec quelque étonnement, ils virent les Brahmanes et les musiciens se partager cyniquement le meilleur de la recette. Quelques assistants résolurent de gagner quelques indulgences en accompagnant les demoiselles après la danse. Ils furent plus surpris encore d'avoir à régler préalablement les frais de ce culte charmant avec le clergé de la Pagode.

Comme le rêveur, très épris, emmenait la plus belle, une vieille horrible qui mendiait à la porte, le suivit, toute poudreuse, toute hagarde, toute geignante,

Débris d'humanité pour l'éternité mûr,

comme dit l'admirable vers de Baudelaire. Et comme, partagé entre l'horreur et le dégoût, cependant que sa compagne l'enlaçant de ses bras le distrayait d'une inutile pitié, il fouillait dans sa poche pour y trouver quelque aumône, la vieille, pour le toucher davantage, lui montra, sur sa cuisse décharnée, l'empreinte du fer rouge que les Brahmanes y avaient appliqué en la chassant de la Pagode où elle avait été bayadère autrefois, et dont la marque lui donnait le droit de demander la charité dans les rues.

— Et quoi, demanda-t-il à sa compagne, voici le sort qui t'attend aussi ?

— Je l'espère, répondit-elle doucement : car les Brahmanes sont très bons pour nous et rarement ils nous refusent cette faveur, quand nous leur avons rapporté suffisamment. Ce n'est pas ici comme dans les harems musulmans où, quand elles sont hors de service, on les conduit dans un souterrain étroit où on les abbat comme de vieux chevaux, et on les précipite ensuite dans le fleuve qui coule au pied des magnifiques jardins.

— Ah! Revenons à Paris! fit Ambroise Renaud presque complètement réveillé par cette vision atroce.

— Si tu le veux! répondit Pasiphaë, et, de ses longs cheveux dénoués caressant le front du poète, elle enveloppa son corps d'une suprême étreinte, mit à ses lèvres un dernier baiser et disparut pendant que le rêveur rentrait brusquement dans la vie.

VII

ELIANE

Ambroise Renaud porta vivement ses mains à ses tempes qui brûlaient. Ses yeux lourds d'un sommeil dont les ailes, au lieu de se fermer, reposantes sur son front, y avaient secoué comme un essaim de visions bourdonnantes, promenèrent, lentement et étonnés, à travers la chambre en désordre, comme pour agrafer sa raison, flottante encore, à la réalité de quelque souvenir. Rabattant nerveusement son bras gauche sur le lit, il le sentit retomber dans le vide et connut que Pasiphaë s'en était enfuie. Ses regards se tournèrent anxieux sur l'âtre ; le feu était éteint et les yeux rouges de Génésaboth ne flambaient plus dans la braise ; mais, de l'intérieur de la cheminée, une grande lueur blanche argentait les cendres encore amoncelées autour des chenêts. Des clartés pareilles frangeaient les rideaux des croisées. Le roulement des voitures dans la rue dénonçait le jour déjà grandi au dehors. Au rythme de son cerveau, encore agité comme l'eau d'un lac que la chute d'une pierre a troublé, mais qui lentement se rassérène en un abaissement progressif de ses vagues élargies, les formes avaient gardé quelque chose de vacillant mais commençaient cependant à se préciser

Un à un il reconnaissait les meubles aux silhouettes cependant dérangées par le chaos d'objets qui s'y étaient amassés pendant la crise des adieux. Ainsi plusieurs d'entre eux offraient encore, sur la pénombre du reste, des découpures fantastiques et Ambroise se demandait s'il ne rêvait pas encore. Une causeuse surtout, près de la cheminée, à la place où Eliane avait coutume de l'attendre quand elle arrivait avant lui, dans l'endroit le plus obscur de la pièce d'ailleurs, celui où ne venait tomber aucun rayon perdu des fenêtres, intrigua surtout son attention encore incertaine. Plus il contemplait

la tache sombre qu'elle faisait sur le fond gris, plus il se demandait, non pas s'il ne rêvait plus, mais s'il n'était pas devenu fou. Très agité, il se dressa sur son séant et l'illusion fut plus poignante encore. Une ombre surmontait certainement le siège, et cette ombre semblait celle d'une femme immobile, à la tête doucement penchée en avant et dont les deux mains se nouaient sur un genou.

— Fou! Fou! il était bien fou! Car cette ombre maintenant lui apparaissait nettement comme celle d'Eliane.

Un cri rauque sortit de sa poitrine.

— Eliane! fit-il d'une voix pleine d'angoisse épouvantée, comme celle dont on parlerait à un mort.

Et subitement il se laissa retomber, en voilant ses yeux de ses mains effarées. Car l'ombre s'était levée et avait marché vers son lit. En même temps, une caresse très douce l'enveloppait, une tête parfumée et tiède rompait l'obstacle de ses bras et une bouche se posait sur sa bouche, après avoir doucement murmuré son nom.

Eliane! oui c'était Eliane qui doucement était revenue, Eliane qui pardonnait!....

Et, ce matin-là, Ambroise Renaud, le poète, connut qu'il n'est flot de Luxure ni torrent de Volupté qui vaille une larme de repentir bue aux lèvres de celle qu'on aime d'un véritable amour!

Armand SILVESTRE

COURBEVOIE

IMPRIMERIE E. BERNARD ET Cie

14, RUE DE LA STATION, 14

BUREAUX A PARIS : 29, QUAI DES GRANDS-AUGUSTINS

Courbevoie. — Imprimerie E. BERNARD et Cie, 14, rue de la Station.

www.ingramcontent.com/pod-product-compliance
Ingram Content Group UK Ltd.
Pitfield, Milton Keynes, MK11 3LW, UK
UKHW020231220726
13923UKWH00002B/595

9 782019 643652